KB251053

인디카

강지구 장편소설   **인디카**

자음과모음

새소설 23

모든 후퍼(hoofer)들에게 이 책을 바친다.

1

*

뉴욕에 가겠다고 마음먹은 것은 다소 충동적이었다. 나는 무언가에 잡아먹히기 직전이었다.

학생비자가 거절당해 미국 입국 자체가 어려울지 모른다는 불안에 싸였고, 결국 캐나다에서 버스를 타고 국경을 넘는 방법을 택했다. 정확한 정보는 없었다. 인터넷에 돌아다니는 글 몇 개만 보고 결정한 것이다. 나는 스물아홉 살이었고 누군가에게 출국을 떠들썩하게 알릴 만한 상황이 아니었다. 이미 미국을 다녀온 사람들에게 이것저것 묻는 것 역시 피했다.

피부가 까맣게 탄 민박집 주인 내외가 공항에 마중 나와 있었다. 토론토의 도로는 넓었고 저녁인데도 구름이 보일

만큼 하늘이 밝았다. 핀치역 근처에 있는 숙소는 3층짜리 단독주택이었다. 여주인이 지하에 있는 방으로 나를 안내했다.

"바로 잠들기 싫으면 산책 다녀와요. 여기는 새벽에 돌아다녀도 위험하지 않으니까."

현관 키를 들고 밖으로 나와 핀치역 쪽으로 걸었다. 한글이 적힌 간판들이 도로를 따라 양쪽으로 듬성듬성 늘어서 있었다. 아파트를 지나칠 때 아디다스 저지를 걸친 한국인 여자들이 벤치에 앉아 대화하는 소리가 들렸다. 갓 스무 살쯤 되어 보였고 담배를 피우고 있었다.

한 시간 정도 걷다가 숙소로 돌아왔다. 마당의 개는 나를 봐도 짖지 않았다. 잠들지 못할 줄 알았는데 결국 잠들었다.

*

담배를 피우기 위해 마당에 나왔을 때 남자 두 명이 쭈그려 앉아 있었다. 새벽까지 습기를 머금었던 공기가 햇볕에 조금씩 데워졌다. 우리는 인사를 했다. 나이가 많은 쪽은 요리사였는데 캐나다에서 십 년째 살고 있다 했고 다른 한 명은 유학생이었다. 뉴욕에 갈 거라고 말하자 요리사는 지도 한 장 들고 여행했던 시절을 떠올렸다. 그때 뉴욕은 위험했지만 지금은 아니라고 했다. 나는 그에게 혹시 대마초를 피우는지 물었다.

"아뇨."

그들은 서로 마주 보았다.

"조심해요. 사고는 순식간에 일어나니까."

남자는 그렇게 말한 후 챙이 넓은 모자를 쓰고 배낭을 짊어졌다.

나는 다운타운을 돌아보기 위해 핀치역으로 향했다. 지하철 토큰을 사지 못해 애를 먹다가 한국인으로 보이는 남자에게 도움을 구했다.

온타리오호수 주변을 걷고 아쿠아리움을 구경하다 시엔타워에 올랐다. 햇빛이 뜨거웠지만 바람이 시원해 덥지 않았다. 저녁에는 오스굿에 있는 재즈 바에 갔는데 대머리에 덩치 큰 보안 요원이 입구를 지키고 있었다. 안으로 들어가자 머리를 노랗게 물들이고 입술을 보라색으로 칠한 여자가 노래를 부르고 있었다. 사람이 없는 뒤쪽에 앉아 생맥주를 마시며 재즈도 팝도 아닌 밴드의 공연을 보았다. 탁자를 정리하던 웨이터가 괜찮냐고 물어 그렇다고 했다. 그는 가볍게 웃으며 바 안으로 들어갔다.

밖에서 담배를 피우고 있을 때 지나가던 금발 여자가 일 달러를 주고 담배 한 개비를 얻어갔다. 여자가 멀어질 즈음

키가 작은 흑인이 다가와 위드가 필요하냐고 물었다. 조던 신발에 캡을 눌러 쓴 그는 내가 못 알아들었다 생각했는지 "마리화나" 하고 발음했다. 얼마냐고 묻자 일 그램에 이십 달러라고 했다.

"두 개 줘."

"돈 먼저."

나는 사십 달러를 지갑에서 뺐다. 주위를 두리번거리며 돈을 받은 그는 주머니에서 작은 비닐 팩을 꺼냈다. 확인해 보니 일 그램도 되지 않는 양이었다. 내가 거짓말쟁이라고 말하자 그가 화를 내며 분명 이 그램이 맞다고 했다. 나는 피식 웃고 그만하라는 손짓을 했다.

앞부분을 털어낸 담배에 대마초를 눌러 채우고 불을 붙였다. 두 모금 피우자 기분이 한결 편안해졌다. 좋은 품질은 아니지만 술보다는 나았다.

키가 크고 마른 백인이 바가 있는 건물 골목에서 색소폰을 불었다. 그는 〈아이 위시 아이 뉴(I wish I knew)〉 〈인 어 센티멘털 무드(In a Senimental Mood)〉를 분 후 템포를 바꿔서 〈자이언트 스텝(Giant Steps)〉과 〈마일스톤(Milestone)〉을 연주했다. 나는 토큰을 사고 남은 잔돈을 색소폰 케이스에 넣었다. 그는 미소를 지으며 고마워했다. 그가 잠깐 쉴 동안 우리는 대화를 나눴다. 클락은 작곡가인 삼촌의 영향을 받아 어릴 때부터 색소폰을 불었다. 탭댄서라고 내 소개를 하자 그는 좋아하며 당장 같이 공연하자고 했다. 나는 슈즈가 없어서 힘들 것 같다고 말했다.

클락이 〈아이 리멤버 에이프릴(I Remember April)〉을 막 불기 시작했을 때 재즈 바 입구를 지키던 남자가 와 여기서 연주를 하면 안 된다며 제지했다. 둘은 잠깐 실랑이를 벌였고 언성을 높이던 클락이 울음을 터뜨렸다. 남자는 고개를 저으며 다시 있던 자리로 돌아갔다. 클락은 나를 끌어안으며 저들은 우리를 이해하지 못한다고 말했다. 눈물이 내 등과 어깨 쪽에 몇 방울 떨어졌다. 나는 그의 등을 토닥이며 괜찮다고 말했다. 내게서 떨어진 그는 눈을 몇 번 훔치더니 색소폰과 케이스를 들고 다른 곳으로 옮겨 다시 연주를 시작했다.

*

구글 맵에 등록된 마리화나 상점은 캐비지타운과 켄싱턴에 있었다. 캐비지타운 쪽은 영업을 하지 않는 것 같아 켄싱턴에 가보기로 했다.

켄싱턴은 차이나타운이었다. 중국 간판이 자주 보였지만 점령하다시피 한 풍경은 아니었다. 베트남, 태국, 칠레, 멕

시코 음식점 들이 있었고 다양한 카페와 옷 가게가 보였다. 상점은 온통 노란색으로 페인트칠한 건물 2층에 있었다. 1층에서는 밥 말리 기념품과 자메이카에 관련된 물건들을 팔았다. 위층으로 올라가는 흰색 문은 닫혀 있었고 2층 창문에 커튼이 쳐져 안이 보이지 않았다. 1층 점주에게 묻자 정오쯤 문을 열 거라는 답이 돌아왔다. 나는 옆 건물에 있는 카페에서 기다렸다.

열두 시가 조금 넘어서 카페를 나왔지만 창문은 여전히 가려져 있었다. 담배를 피우고 있을 때 정장 차림에 안경을 쓴 남자가 초인종을 눌렀다. 흰색 문이 열리며 긴 머리를 갈색으로 물들인 아시안 여자가 그를 맞았다. 둘은 안으로 들어갔다.

나는 오 분 후에 초인종을 눌렀다. 다시 여자가 모습을 드러냈다.

"안녕?"

"안녕."

"뭘 도와줄까?"

"아, 위드를 판다고 해서."

"여권 가지고 있어?"

고개를 끄덕이자 안으로 들여보내주었다.

좁은 계단을 타고 올라가 복도를 걸었다. 나무 바닥에 벽은 흰색이었고 작은 샹들리에가 천장에 걸려 있었다. 복도 중간에 있는 방으로 따라 들어가자 검정 투피스 슈트를 입고 뿔테 안경을 쓴 여자가 데스크에 앉아서 인사를 했다. 여권을 건네받은 그녀는 컴퓨터에 정보를 입력하고 다시 돌려주었다. 이쪽으로 와. 긴 머리 여자가 문 절반쯤 발이 쳐진 방으로 나를 안내했다. 먼저 들어온 남자를 포함해 네다섯 명이 방 안에 있었다. 유리병에 담긴 마리화나가 진열장에 놓여 있는 것이 보였다. 걸스카우트쿠키, 화이트쿠키, 뉴욕 디젤, 오지쿠시, 고릴라 오지, 블랙 헤이즈, 블루 드림. 그램당 이십 달러를 넘지 않았다. 각각 두 개씩 고르고 유리 파이프를 샀다. 진열장 뒤에 서 있는 직원이 사용법에 대해서 상세하게 설명해주었다. 갈색 머리 여자가 계단까지 따라와 나를 배웅했다.

근처에 있는 공원으로 가 벤치에 앉았다. 블루 드림을 꺼내 파이프에 절반 정도 채우고 하얗게 재가 될 때까지 피웠다. 사방의 풍경이 내 안에 있는 꼭짓점으로 조여왔다. 나는 날아가는 비행기 소리를 들으며 주위를 둘러보았다. 모든 것이 바뀌어 가고 있었다. 바닥에 있는 개미에게 침을 뱉자 몇 번 허우적거리더니 재빠르게 도망쳤다.

*

이틀 더 연장해 5일을 민박집에서 보냈다. 어느 장군의 저택을 돌아본 것을 제외하면 주로 온타리오호수 근처를 돌아다녔다. 사람들을 구경하다가 해가 지면 여객선이 정박하는 부두 근처에서 춤을 췄다. 나무로 된 바닥 틈이 벌어지긴 했지만 인적이 없어 좋았다.

육로로 뉴욕에 갈 수 있을까 고민하고 있을 때 민박집 여주인이 확신을 주었다.

"비자 없이도 다들 가던데. 여유 있으면 시도해보는 것도 좋죠."

나는 나이아가라를 거쳐 가기로 했다.

거대한 폭포는 그 자체로 축제였다. 넓게 날리는 물 입자들이 맨살에 닿았다가 사라졌다. 호스텔에서 자전거를 빌려 사람들이 다니지 않는 숲길을 돌아다녔다. 깔끔한 강 위로 간간이 새하얀 보트가 지나갔다. 입구를 막아놓은 작은 선착장에 들어가 바닥에 누워 수면과 하늘을 번갈아 바라보았다. 청둥오리가 작은 물결을 남기며 지나갔다.

한참 라이딩을 하다가 정신 차려보니 출발한 곳에서 꽤 멀어져 있었다. 넓은 공터와 포장되지 않은 길 위로 트랙터가 지나다녔다. 자연과 도시를 경계 짓는 듯한 언덕에 프랜

차이즈 커피숍이 있었고 붉은 지붕 위로 넓게 펼쳐진 하늘이 보였다.

밤이 되자 거리는 활기를 띠었고 놀이기구가 허공에서 반짝였다. 패스트푸드점에 들어가 잠깐 쉬고 있는데 옆 테이블에 앉은 한국인 두 명이 이번 달 생활비와 최근에 만난 남자에 관해 대화했다. 둘이 떠난 자리를 백인 가족이 차지했다.

숙소에 자전거를 두고 왔기 때문에 어두워진 도로를 걸었다. 별장으로 보이는 집들이 도로 건너에 흐르는 나이아가라강을 바라보고 있었다. 통유리를 통해 나오는 노란 불빛이 듬성듬성 길을 밝혀주었다.

*

뉴욕으로 향하는 버스는 허리 긴 개 한 마리가 창 밑에 그려진 그레이하운드였다. 절반 정도 찼지만 대여섯 명이 첫 휴게소에 도착하기 전에 내렸다. 긴 여행으로 진이 빠진 사람들은 비척거리며 일어나 공항처럼 넓은 휴게소로 흘러나갔다. 나는 핫도그를 하나 사 먹고 사람들이 모여 있는 곳으로 가 담배를 피웠다. 넓게 펼쳐진 콘크리트 바닥 위에 버스 한 대만 덩그러니 서 있었다. 이 자리에 계속 머무는 상상을 하자 끝없이 아득해졌다.

　국경에 도착한 것은 거의 해가 질 즈음이었다. 짐을 내리고 사방이 하얀 대기실에 들어갔다. 의자에 앉아 있다가 순서가 오면 창구가 있는 옆방에서 심사를 보았다. 중동인으로 보이는 가족 한 무리와 내가 마지막이었다. 머리를 말끔하게 빗고 남색 제복을 입은 백인 심사관이 유리 뒤에서 이것저것 물었다. 알아들은 말은 대답하고 알아듣지 못한 말은 멍한 표정으로 넘기거나 다시 말해달라고 부탁했다. 그가 중요시하는 것은 체류 기간과 목적이었다. 나는 내가 댄서임을 강조하고 북미를 여행하며 춤을 배우고 있다고 더듬거리며 말했다. 그는 내 눈을 똑바로 마주 보며 뉴욕에서 무슨 일을 할 거냐고 물었다. 나는 집에서 보내주는 돈과 버스킹을 해서 들어올 수입을 얘기했다. 그는 고개를 저으며 돈이 들어 있는 통장 내역을 보여줄 수 있냐고 물었다. 나는 신용카드를 보여주었고 결제일에 맞춰 한국에서 만든 통장으로 돈이 들어온다고 거짓말을 했다. 주위를 둘러보자 중동인 가족이 심사를 마치고 밖으로 나가고 있었다. 국경에 갇힌 사람들 이야기가 떠올랐다.

　"3개월 이상 못 머무는 거 알지?"

　"응."

　그는 밖으로 나와 맡겨놓은 캐리어를 가져다주었다.

"꼭 기한 내에 돌아가야 해."

나는 트렁크를 연 채 기다리고 있는 버스로 향했다.

버스는 어둠 속을 거의 열 시간가량 달렸다. 차내에 한기가 느껴졌다. 앉지도 눕지도 못하는 사람들이 꿈틀거리며 불편한 자세를 바꿔보려 노력했다. 나는 휴대폰을 로밍하고 한인 숙박업소를 찾았다. 맨해튼 어디든 상관없었기 때문에 보이는 대로 클릭해서 값을 알아봤다. 그중 한 곳에 연락을 했지만 답장이 오지 않았다.

하늘이 어스름하게 눈을 뜰 즈음에 버스가 맨해튼으로 들어섰다. 42번가는 새벽임에도 북적거렸다. 높은 건물에 붙어 있는 네온사인이 진청빛 하늘에서 뚜렷하게 반짝였다. 흑인 버스 기사가 뉴욕시티에 도착했음을 알렸다. 이렇게 먼 거리를 주기적으로 달려야 하는 그의 고충이 피곤한 목소리와 함께 몰려왔다. 캐리어를 챙겨 터미널에 들어서자 버스를 기다리고 있는 많은 사람이 보였다. 흑인, 스패니시, 아시안 할 것 없이 짐을 바닥에 내려놓고 그 위에 앉거나 머리를 대고 누워 있었다.

숙박업소에서 여전히 연락이 없었기 때문에 우선 다른 곳에 묵기로 했다. 앱으로 찾아보니 브루클린 쪽이 그나마 싼 편이었다. L라인을 타고 강을 넘어가면 바로 있는 호스텔을 예약했다.

수속을 밟고 방에 들어가자 십대로 보이는 아시안이 손거울을 보며 짧은 머리를 손질하고 있었다. 입을 벌린 캐리어와 옷가지들이 바닥에 널브러진 채였다. 그는 인사를 하며 국적을 물었는데 변성기 온 목소리가 과하게 들떠 있었다.

"혼자 외국에 나온 건 처음이야."

그는 소리치다시피 말했다.

"이따 지하에서 파티 한다는데 같이 갈래?"

나는 너무 피곤하다고 말하고 2층 침대 위 칸으로 올라갔다. 흥얼거리는 콧노래 소리가 잠들기 전까지 귀에 맴돌았다.

*

환전을 하기 위해 거리로 나갔다. 곳곳에 있는 커다란 수영장에 아이 어른 할 것 없이 모여들어 물놀이를 하고 있었다. 펜스가 쳐진 운동장에서 농구를 하거나 스케이트보드 타는 사람들도 보였다. 거리가 언덕 없이 평평해서 이 모든 장면이 넓고 크게 느껴졌다. 노토리어스 비아이지의 벽화를 보자 그가 커다란 엉덩이를 흔들며 물놀이하는 모습이 그려졌다. 가로등 옆에 어정쩡하게 앉아 담배를 피우고 있을 때 숙박업소 주인에게서 연락이 왔다. 이틀 뒤에 방이 하나 빈다는 내용이었다. 우선 일주일 동안 머물 계획이라고 말하자 위치와 방문 시간을 알려주었다.

은행 안으로 들어가자 깔끔한 정장 차림의 스패니시 매니저가 무슨 일로 왔는지 물었다. 나는 실을 감듯 양손 검지손가락을 빙빙 돌리며 돈을 바꾸고 싶다고 말했다. 그는 소파처럼 푹신한 의자로 안내했다, 손님이 별로 없었지만 직원이 오는 데 삼십 분이 걸렸다. 농구선수를 연상시키는 건장한 흑인이 부드러운 미소를 지으며 내 앞에 앉았다. 그가 쉬운 단어로 느리게 발음해준 덕분에 일은 순조롭게 진행됐다.

빵과 코코넛주스를 사 숙소 엘리베이터에 올랐다. 2층에서 탄 남자 둘이 나를 보며 키득거렸다. 중간에 내려 건물 벽에 붙어 있는 철제 계단을 탔다. 밑을 내려다보자 백인 커플들이 파라솔 밑에서 맥주를 마시고 있었다.

사춘기 캐나디안이 어디 갔었냐고 물어 산책을 다녀왔다고 말했다.

"좀 마셔도 돼?"

비닐봉투에서 빵과 코코넛주스를 꺼내자 그가 말했다. 한 통 주었더니 벌게진 얼굴로 숨도 쉬지 않고 다 마셔버렸다.

"정말 같이 가지 않을래? 잠깐 다녀왔는데 너무 좋아. 술도 별로 안 비싸.”

그는 향수를 뿌리고 나가버렸다.

곧 6인실 도미토리가 전부 찼지만 다들 바로 나가 돌아오지 않았다. 복도를 걷는 소리, 대화하는 소리가 가수면 상태에서 들려왔다. 이곳으로 기어 들어왔다는 사실을 누구에게도 알리지 않은 것에 나는 안도했다.

*

L라인을 타고 맨해튼에 들어갔지만 1번 라인으로 갈아타는 데 애를 먹었다. 42번가에서 어떻게 브루클린으로 넘어갔는지 며칠 전 일이 낯설게 느껴졌다. 캐리어 바퀴가 계단에 부딪혀 덜그덕거렸고 각양각색의 사람들이 자기 세계 속에서 나를 지나쳤다.

“뉴욕의 첫 느낌은 어때요?”

여주인 A가 물었다.

“덥고 정신없어요. 근데 바람이 좋네요.”

“그렇죠. 한국과는 확실히 다를 거예요, 바람이.”

게스트 하우스는 아파트였기 때문에 안정감이 있었다. 독방은 혼자 지내기에 충분한 크기였다. 햇빛이 들지 않아 어둡고 약간 습했지만 작은 에어컨이 머리맡에 있어 문제

되지 않았다.

"뭐 하는 분이세요?"

"탭댄서예요."

"오, 그렇다면 뉴욕에 잘 오신 것 같은데."

"수업을 들으려구요."

A는 화장실과 주방 사용법을 알려준 후에 집 키를 건넸다.

"궁금한 것 있으면 언제든지 물어봐요. 저는 주로 저 커튼 뒤에 있어요."

복도의 끝, 아마도 거실이 시작되는 지점에 두꺼운 커튼이 쳐져 있었다. 나는 알았다고 대답한 후에 방으로 돌아왔다.

*

식료품점에서 사 온 음식과 담배를 축내며 아무것도 하지 않고 시간을 보냈다. 브로드웨이 74번가에 있는 스텝스 댄스스튜디오에 가기로 마음먹은 것은 거의 일주일이 다 되어서였다. 스텝스는 작은 엘리베이터가 딸린 건물에 있었다. 2층 카운터는 발레 수업을 기다리거나 끝낸 학생들로 북적거렸다. 몸매가 잘 다져진 그들은 복도에 앉아 스트레칭을 했고 사람들이 그 사이를 익숙하게 돌아다녔다. 탭댄스는 3층 스튜디오에서 진행되었다.

강사 D는 학생들과 복도에서 수업이 끝나길 기다리고 있었다. 그는 여유로운 미소를 지으며 인사를 받았다. 나는 잠깐이라도 혼자 있고 싶어 화장실로 향했다. 문을 열자 일본인으로 보이는 청년이 타일 바닥을 두드리며 연습하고 있었다.

"하이."

머리를 노랗게 물들인 그는 내가 소변을 보는 동안 계속 발을 굴렀다. 나는 화장실을 나와 신발을 갈아 신었다.

수업이 끝나고 열 명가량 되는 사람들이 스튜디오를 나왔다. 나는 가방을 구석 자리에 놓고 끊임없이 말을 해대는 사람들과 조용히 몸을 푸는 사람들을 둘러보았다. 조금만 빨리 말해도 들리지 않는 영어가 귀에서 웅웅거렸다.

시간이 되자 주위가 잠잠해졌고 별다른 사인 없이 D는 수업을 시작했다. 오른쪽 힐, 힐, 힐, 힐. 왼쪽 힐, 힐, 힐, 힐. 커다란 창문을 통해 스튜디오로 햇빛이 들어왔다. 익숙하지 않은 호흡과 거기에서 비롯된 스텝들. 자신 있던 동작들도 생기를 잃고 몸 밖으로 빠져나갔다. 발을 비교적 섬세하게 쓰지 못하는 수강생들도 수업은 잘 따라갔다. 한 마디든 두 마디든 루틴을 외우는 데 시간이 필요했지만 여유가 없었다.

한 시간 반가량 진행된 수업이 끝나자 수강생 몇이 D에게 몰려갔다. 나는 코코넛주스를 마시며 그들을 지나쳤다.

스텝이 머리에 맴돌았지만 정리되지 않았다. 수북하게 과일을 쌓아놓은 마트를 지나쳐 두 블록 떨어져 있는 허드슨 강 공원으로 향했다. 벤치에 앉자 건너편에 있는 뉴저지의 풍경이 눈에 들어왔다. 회색빛 건물들이 주파수를 그리고 있었다. 지나가던 노인이 여기는 금연 구역이라 경고했고 내가 담배를 끄고 멀어질 때까지 감시하듯 바라보았다.

*

수업에서 자주 마주치자 다이스케와 나는 조금 가까워졌다. 둘 다 영어가 짧았기 때문에 오히려 큰 부담이 없었다. 아직 스물네 살인 그는 테크닉에 관심이 많았다. 현세대 탭 댄스에 큰 영향을 끼친 J를 롤 모델로 삼고 있었고 그의 수업을 열심히 들었다. J는 자주 외국에 드나들었기 때문에 길게 수업을 열지 못했다. 나는 한국에서 그의 수업을 들은 적이 있었다.

다이스케는 J와 가까운 편이어서 그의 수업에 관한 정보를 빠르게 얻을 수 있었다. 그는 종종 문자를 보내 J의 스케줄을 알려주었다. 연습실은 매번 바뀌었고 J는 학생들의 수준에 맞추기보다 자기 템포로 수업을 진행했다. 나는 어떻게든 따라 하는 시늉을 했다. 개별적인 스텝은 전부 보였지만 그것들을 구성할 능력이 부족했다. 각박해진 숨소리와 체념 섞인 한숨이 여기저기서 비어져 나왔다. J는 본인이 연습하고 싶은 무언가, 혹은 연습하다가 발견한 무언가를 사람들에게 전달하고 싶어 했다. 수업료를 걷는 일에도 관심이 없었다. 사람들은 밖으로 나와 J와 헤어질 때까지 같이 걸으며 대화를 했다. 그는 마지막에 나를 알아보고 눈을 찡긋했다.

"또 보자구."

그러나 뉴욕을 떠날 때까지 나는 그를 보지 못했다.

머칠 뒤에 다이스케가 연습에 초대했다. 도착했더니 일본인 세 명과 흑인 혼혈 한 명이 몸을 풀고 있었다.

다이스케의 주도로 음악 없이 잼이 이루어졌다. 각자 리듬을 전개했지만, 배운 것을 응용하거나 테크닉을 전개하기 바빴다. 그들은 딱히 대화할 생각이 없어 보였다. 잼이든 배틀이든 연습이 갖는 성격을 크게 신경 쓰지 않았다. 자기를 아오키라고 소개한 친구는 바닥을 부술 듯이 두드렸다. 순발력이 좋았지만 리듬의 유기성이 떨어졌다. 나는 불청객이 된 느낌이었다.

다이스케는 딱 잘라 그들은 아직 어린애들일 뿐이라고

말했다.

"어쨌든 와줘서 고마워."

"응, 즐거웠어."

그는 뉴욕에 얼마나 머물 거냐고 물었고 나는 두 달 반이
라고 대답했다.

"더 있을 수는 없는 거야?"

"무비자로 들어왔기 때문에 어쩔 수 없어. 넌?"

"이 년 정도 더 있을 생각이야."

"언제 왔는데?"

"이 년 됐어. 사 년 채우려고."

나는 훌륭하다고 말했다. 다이스케는 고개를 저었다.

"일하느라 여자 친구도 못 만들었어."

"대신 춤을 췄잖아."

"그렇긴 하지."

나는 그동안 무엇을 배웠냐고 물었다.

"재즈."

그는 말했다.

"재즈의 어려움."

*

　대부분의 시간을 맨해튼을 돌아다니는 데 썼다. 자주 찾는 곳은 공원이었다.

　한낮의 워싱턴파크는 잠시 쉬기 위해 몰려든 관광객들과 버스킹 하는 뮤지션들로 북적거렸다. 연주자들은 라이선스가 있거나 자발적으로 연주하는 부류로 나뉘었다. 공원으로 들어가는 길은 사방에 있었고 그중 한 곳은 체스를 두는 사람들이 차지했다. 대개 일반인과 부랑자 사이쯤 돼 보였는데 돌로 만들어져 바닥에 고정된 체스판을 뚫어지게 쳐다봤다. 몇몇은 밤이 되면 마리화나나 코카인을 팔았다. 보통 일 그램을 이십 달러에 거래했다. 경찰이 집결할 때면 공원 인구는 평소보다 절반 이상 줄었다.

　딜러는 대부분 흑인이었다. 늘상 대마초나 다른 마약에 취해 있는 그들은 잠깐 눈을 마주쳐도 조용히 접근해 얼마나 필요하냐고 물었다. 우선 물건을 봐야겠다고 말하면 주섬주섬 대마초가 담긴 신문지나 지퍼 백을 꺼냈다.

　뉴욕에서 처음 거래한 사람은 백인이었다. 그는 항상 낡은 검은색 티에 청바지를 입고 있었는데 키가 크고 마른 데다 눈매가 날카로웠다. 사방을 경계하는 버릇은 단순히 딜러여서 생긴 것이 아니라 수시로 마약을 했기 때문이라는 인상이 강했다. 나는 두 번에 걸쳐 그에게 물건을 샀다. 모두 신문지에 싸서 주었고, 거래가 끝난 후에 그는 도망치듯 지하철역으로 향했다. 며칠 안 가 다 떨어지면 나는 또 공원 주변을 어슬렁거렸다.

다시 마주친 그는 나를 어디론가 데려갔다. 우리는 정처없이 몇 블록을 걸었다. 처음에는 경찰을 경계해 피해 다니는 것으로 보였지만 시간이 지날수록 그게 아님을 느꼈다. 나는 여차하면 달아날 준비를 했다. 6대로를 거쳐 그리니치거리를 걸었다가 7번가를 타고 크리스토퍼역 앞에 도착했다. 그는 잠깐 기다리라며 공원 쪽으로 사라졌다. 담배를 피우고 있을 때 두리번거리는 그의 모습이 보였다. 역 안으로 들어가 개찰구 앞에서 신문지 뭉치에 싸인 물건을 넘겨받았다. 돈을 건네자 명령하듯 교통카드를 찍으라고 말한 후에 사람들 속으로 사라졌다.

밖으로 나와 펼쳐본 신문지 뭉치 안에는 빵가루밖에 없었다. 뭐가 더 있나 확인했지만 그게 전부였다.

*

하루에도 몇 번씩 마리화나 냄새를 맡았다. 공원, 브로드웨이 42번가, 재즈 클럽 앞에서 익숙한 냄새가 코를 스쳤다.

담뱃값을 아끼기 위해 길거리에 있는 장초들을 주워 피
웠다. 담배 한 갑 값을 아끼면 대마초를 살 수 있었다.

뜻밖에 질 좋은 물건을 구하기도 했다. 양이 적어 보인다
고 했더니 앞니가 다 빠져 새는 발음으로 강해, 아주 강해,
하고 흑인이 말했다.

해가 질 때 돌아와 숙소 앞 공원에서 흰색에 가까운 대마
를 피우고 벤치 등받이에 널브러졌다. 주위가 어두웠지만
하늘은 아직 구름이 보일 정도로 밝았다. 작게 우거진 수풀
에서 들려오는 벌레 소리에 귀 기울이고 있을 때, 차 한 대
가 조용히 인도로 들어왔다. 전조등을 켠 채 천천히 내 앞
으로 와 멈추었다. 운전석 창문이 내려갔고 각진 턱에 모자
를 쓴 백인 경찰이 전등으로 나를 비췄다. 그의 무뚝뚝한
얼굴과 내 눈이 마주쳤다. 창문이 다시 올라가고 경찰차가
표범처럼 소리 없이 인도를 빠져나갔다. 그의 눈에서 흘러
나온 살기가 어둠 속에 깔렸다. 나는 차가 완전히 사라지길
기다렸다가 천천히 가방을 챙겨 숙소로 돌아왔다.

*

환전한 돈에서 셋째 주 숙박비를 내고 나니 남은 현금이
별로 없었다. 잔돈들 때문에 가방만 무거웠다.

"돌아다녀 보니 어때요?"

달러를 세며 A가 물었다.

"좋아요. 엄청 더운 거 빼고."

"거의 백 년만에 온 무더위래요. 선크림 있으면 꼭 바르고 다녀요. 서울보다 햇빛이 강하니까."

그녀는 젊은 여자 세 명이 숙소에 도착한다고 말했다.

"맥주 한잔할 수 있으면 같이해요. 왠지 잘 맞을 것 같아."

저녁에 돌아왔을 때 셋은 이미 주방에서 맥주를 마시고 있었다. 다들 여행을 위해 만난 사이였다. 수현과 민아는 미용실에서 일했고 채희는 회사원이었다.

수현이 내가 쓰는 독방을 보고 싶어 해 우리는 방으로 들어갔다. 침대에 걸터앉은 그녀와 간격을 둔 채 나는 비스듬히 누웠다. 하루 만에 바뀐 환경과 맥주 때문인지 그녀는 천장 어딘가를 바라보며 끊임없이 말했다. 매력적인 말투는 아니었지만 듣고 있으니 나른해졌다. 한참 떠들다가 그녀는 가야겠다며 일어났다.

"우리에겐 내일이 있잖아요."

"그렇죠."

아침에 일어나 늘 앉는 벤치에 앉아 담배를 피우고 있을 때 일행들이 지나쳤다.

"여기 있었네?"

그들은 멈추지 않고 경사진 도로를 향해 걸었다. 수현이 어색하게 몸을 틀어 손을 흔들다가 소리를 지르며 슬리퍼를 내려다보았다. 발을 털자 바닥에 개똥이 떨어졌고 나머지 둘이 그녀에게서 몇 발자국 물러나며 웃음을 터뜨렸다.

미세하게 이글거리는 대기에 실루엣이 흔들릴 때까지 나는 멀어지는 일행들의 뒷모습을 바라보았다. 조깅하는 사람들과 어딘가 지쳐 보이는 흑인 학생들, 무표정한 얼굴 뒤로 짜증이 깊게 밴 라틴계 주부들이 느릿느릿 지나갔다.

*

"내일 오전에 거버너스섬에 가려는데 어때? 스윙 축제가 있다고 하더라구."

외출하고 돌아온 수현이 말했다.

"좋아."

섬으로 가기 위해 오전 일찍 선착장으로 갔다. 들뜬 수현과 민아는 사진 찍기 바빴고 채희는 그런 그들을 바라보며 살짝 웃거나 무표정한 얼굴로 주위를 둘러보았다. 우리는 페리호를 타고 거버너스섬으로 향했다.

배에서 내려 조금 걷자 축제가 한창 진행되고 있었다. 빅

밴드의 연주에 맞춰 화려하면서도 댄디하게 차려입은 댄서들이 남녀 짝지어 춤을 췄다. 넓은 공터에 깔아놓은 붉은 카펫이 무대였고 그 주위를 사람들이 동그랗게 둘러싸고 있다가 자기 차례가 오면 중앙으로 나갔다. 내리쬐는 햇빛이 악기와 의상에 반사되어 조화를 이루었다. 일행들은 넋놓고 축제를 바라보다가 대기하고 있던 남자들과 대화하기도 하고 얼떨결에 이끌려 춤을 추기도 했다. 나무 그늘에 앉아 그 모습을 지켜보고 있으니 목이 말랐다. 자판기로 향할 때 수현이 따라나섰다. 이마에 맺힌 땀이 햇빛 아래 조금만 있어도 흘러내릴 것 같았다. 우리는 물과 음료수를 빼마신 후에 서늘하고 조용한 그늘을 찾아 돌아다녔다. 무대 옆 길게 누운 건물에 아치 모양의 입구가 있어 이끌리듯 그곳을 통과하니 사람이 없는 공터가 나왔다. 정기적으로 가꾼 듯한 정원과 작은 분수도 보였다.

"이런 데도 있었네?"

수현은 꿀단지를 휘젓는 손가락처럼 느릿느릿 돌아다녔다. 축제를 즐기고 있던 민아와 채희도 도착했다. 그들은 재잘거리면서 사진을 찍었다.

멀지 않은 곳에 언덕이 있어 그곳으로 향했다. 넓게 펼쳐진 잔디밭 군데군데 스프링클러가 돌아갔고 그중 몇 개에 무지개가 폈다. 수현과 민아가 신이 나서 스프링클러 주위를 뛰어다녔다. 나는 얼떨결에 어울려 놀다가 물에 젖었다. 운동화마저 젖지 않기 위해 한쪽에 벗어놓고 나니 바닥에 유리 조각이 있을 것 같아 마음대로 뛰어놀 수 없었다.

옷이 너무 젖어 우리는 다시 신발과 짐을 챙겨 걸었다. 언덕에 가까워질수록 잔디밭은 거칠고 듬성듬성했다. 길 저편에 꽤 조밀하게 놓여 있는 검은색 물체들이 보였다. 가까이 가서 보자 개똥이었다. 마치 수백 마리의 개들을 한꺼번에 배에 실어 와 배변을 시킨 모양새였다.

여자들은 말을 멈추고 그 풍경을 보았다. 똥은 길뿐만 아니라 그 주위 잔디밭에도 가득했다. 다른 길이 있는지 찾아보았지만 언덕으로 가기 위해선 그곳을 지나쳐야 했다.

“뉴욕엔 개똥이 많네.”

수현이 눈살을 찌푸리며 말했다.

“갈매기 똥이 아닐까?”

내가 말하자 민아가 깔깔 웃었다.

“갈매기가 저렇게 큰 똥을 싼다고?”

“여기 갈매기는 꽤 크더라고.”

기분 탓인지 사람들이 붐비는 곳에서 멀어질수록 갈매기의 크기가 커지는 것 같았다. 두툼한 몸통에 눈은 더 부리부리해서 매를 연상시켰다.

개똥밭을 지나 얼마 안 있어 언덕에 도착했다. 그곳은 섬

의 끝으로, 꼭대기에 오르자 자유의 여신상이 더 훤칠하게
다가왔다. 이미 도착한 관광객들이 자리를 잡고 있었다. 나
는 비스듬하게 경사진 잔디밭에 누워 반짝이는 바다와 대
기에 살짝 가린 자유의 여신상을 바라봤다. 근처에서 벌어
지고 있는 스윙 축제는 우리와 함께이면서 따로였다. 그들
과 우리 사이에 스프링클러가 작동하는 잔디와 똥밭이 있
었다.

일행들과 나는 몇 번 더 어울렸다. 월드 트레이드 센터에
오르고 소호에서 킹크랩이나 스테이크를 사 먹었다. 공원
을 돌아다니며 청설모와 쥐 들을 구경했다.

"여기는 뭐든 많아. 쥐도 많고 개똥도 많고 경찰도 많고."
수현이 투덜거리듯 말했다.

일주일이 못 되어 그녀와 채희는 한국으로 돌아갔고 민
아는 숙소를 옮겼다.

*

맨해튼에는 재즈 클럽이 많았다. 그중 스몰스가 비교적
쌌고 이름답게 내부가 좁아 무릎이 닿는 거리에서 공연을
볼 수 있었다. 탭댄서들이 잼 데이(jam day)를 열기도 했는
데 스케줄표에는 없었다. 나는 민아와 함께 그곳에 갔다.

연주자들이 무대에 섰다. 구성은 콰르텟이었고 테너색소폰이 마스터였다. 거대한 체구에 터번을 쓴 그는 머리가 천장에 닿을 정도로 키가 컸다. 반백의 덥수룩한 수염 사이로 악기를 문 갈색 입술이 보였다.

발라드 한 곡을 제외하고 대부분 격렬한 비밥이었다. 아시안 더블베이스는 흐름에 집중했고 흑인 드러머는 초점 잃은 눈을 어딘가에 고정한 채 음악을 앞지르며 리듬과 템포를 조절했다. 중반쯤 되자 마스터의 색소폰에서 침이 흘러 바닥에 뚝뚝 떨어졌다.

연주가 끝나고 우리는 밖으로 나왔다.

"신선했어. 또 듣고 싶어."

민아는 재즈 공연이 처음이라고 했다.

밴드 마스터가 아시안 여자의 어깨에 손을 두른 채 입구에서 나왔다. 허름한 정장 바지에 투박해 보이는 구두. 거대한 체격만큼 동작이 느렸고 빛나는 눈은 무심했다. 진하게 스모키 화장을 한 여자는 그의 겨드랑이 밑에서 평생 그렇게 산 사람처럼 붙어 걸었다.

베이스 연주자가 가장 마지막에 나왔다. 커다란 케이스를 거의 끌다시피 들고 올라와 입구 옆에 세워두고 담배를 꺼냈다. 짧게 자른 옆머리가 땀에 젖어 반짝였다. 그는 말없이 담배만 피웠다.

공연은 이십 분 정도 후에 다른 밴드로 채워졌다. 귀가 무뎌져 모든 연주가 비슷하게 들릴쯤에 자리에서 일어났다.

석양에 물든 구름이 물에 젖어 흩어진 종이처럼 찢겨 있었다.

"수현 언니가 한국에서 보자던데."

민아가 말했다.

"한국에서?"

우리는 웃었다.

"나도 이제 며칠 안 남았어. 돌아가고 싶지 않은데."

"그럼 가지 마."

"불법체류 하라고?"

"그것도 방법이지."

"경찰 눈치 보며 살기 싫어, 하루라도."

하우스턴가역까지 내려갔다가 지하철을 타고 42번가로 향했다. 냉방이 되지 않는 칸의 숨 막히는 열기에 사람들이 신음했다.

물결치는 42번가의 인파 속에서 담배를 피우고 있는 몇몇 한국인과 눈을 마주쳤다. 비슷한 패션, 비슷한 경계심. 그들은 수없이 많은 개성에 이리저리 치이며 여기에 온 목적만큼이나 불투명한 미래를 눈으로 휘젓고 있었다.

"캐나다로 갈 수도 있어. 미용실을 하고 있는 언니가 있거든."

"정말 돌아가기 싫구나?"

"오빠도 그렇지 않아?"

"잘 모르겠어."

나는 민아가 입은 형광색 탱크톱과 엉덩이 라인이 드러나는 타이츠를 내려다보았다. 그녀는 원하는 것이 있었다.

"내일 모임이 있는데 혹시 올 수 있어?"

호텔 앞에 도착했을 때 그녀가 말했다.

"각자 친구들을 데리고 오기로 했는데 전부 커플이더라구."

"좋아."

갈색빛이 도는 호텔 로비에서 민아가 입은 탱크톱이 유독 눈에 띄었다. 그녀는 손을 흔들며 엘리베이터에 올랐다.

*

"최근에 탭댄스 공연 본 적 있어요?"

아보카도를 자르며 A가 물었다.

"아뇨."

"예전에 모리스 하인스라는 탭댄서의 공연을 봤어요. 데뷔 오십 주년이었나? 자기 동생에 대한 얘기를 자주 하더라고. 엄청 유명했는데 이름이 뭐였더라…….”

“그레고리 하인스.”

“맞아, 천재라고 하던데.”

“춤을 바꿔놓았죠. 사비온 글로버의 멘토이기도 하구요.”

“사비온 글로버의 공연도 본 적 있어요. 아주 오래전인데, 그때는 여행 왔을 때였죠.”

“〈브링 인 다 노이즈, 브링 인 다 펑크(Bring in ’Da Noise, Bring in ’Da Funk)〉.”

A가 고개를 끄덕였다.

“브로드웨이에서 장기 공연을 할 때였어요.”

“어땠나요?”

“분명한 건, 저러다 무릎이 부서지는 건 아닐까 하는 생각이 들었죠. 비보잉이나 다른 스트리트댄스와는 다른 격렬함이었어요.”

“이제는 비디오로도 보기 힘든 공연이죠.”

나는 말했다.

“사비온은 스타예요. 전통을 계승함과 동시에 해방시켰죠.”

A는 미소를 지었다.

“밤에 스케줄 없으면 렉싱턴 쪽에 가봐요. 거기에 펍이 하나 있는데 스윙 음악 파티를 열어요. 탭댄서들도 종종 오니까 교류하기 좋을 거예요.”

　A가 알려준 펍은 스몰스와 다르게 일주일에 하루만 재즈를 연주했다. 근처에 사는 피아니스트가 밴드 마스터이자 호스트 역할을 했는데 그는 스윙 댄서들의 파티에 자주 초청되어 유명해진 뒤에도 계속 잼세션을 열었다.

　펍은 간단한 식사와 술을 팔았다. 통로를 따라 바가 있었고 포켓볼과 다트가 비치된 홀로 이어졌다. 나는 일찍 도착해 바에 앉아 호가든을 마셨다.

　종업원이 손님들과 대화하며 나를 흘긋흘긋 쳐다보았다.

　“잼세션은 언제 시작해?”

　내가 묻자 그는 열한 시라고 대답했다.

　하나둘씩 사람들이 모여들어 안쪽에 있는 홀까지 찼고 늦게 도착한 연주자들은 중앙에 악기를 세팅했다. 원하는 곡을 써내고 무작위로 연주하는 방식이었다. 각자 악기를 들고 왔는데 그중에는 탭댄서도 있었다. 백인인 그는 작은 나무판을 들고 있었다. 우리는 간단히 인사를 나누었다.

　음악에 맞춰서 한 명씩 연주에 참가했다. 전체적으로 쾌활하고 일상적인 모임처럼 느껴졌다. 금발 여자의 노래가 끝나자 탭댄서가 바닥에 판을 깔았다. 차분하면서 깔끔한 퍼포먼스가 이어졌다, 창의적인 리듬이나 에너지보다 뮤지션과의 호흡을 중요시하는 춤이었다. 스튜디오가 아닌 곳에서 다른 댄서의 춤을 본 것은 오랜만이었기 때문에 소리가 귀에 날카롭게 박혔다. 더 밀어붙일 수 있는 구간에서 그는 신중함을 보였다. 공연이 끝나자 연인으로 보이는 여자와 밖으로 나갔다.

나는 돌바닥에서 춤을 췄다. 표면이 매끄러워 발에 걸리는 부분은 없었다. 음악은 〈잇 돈 민 어 씽(It don't mean a thing)〉이었고 피아니스트가 템포를 잡았다. 플랩을 시작으로 조금씩 익숙한 스텝들을 연결해나가자 몸 안에서 리듬이 돌았다. 나는 들숨과 날숨에 집중했다. 몇 번 스텝이 꼬였지만 흐름을 망칠 정도는 아니었다.

"고마워."

의자와 바닥에 앉아 있던 노인들이 말했다. 단정한 외모 때문인지 그들의 말이 공연 수당처럼 느껴졌다.

시간이 너무 늦어 가방을 챙겼다. 노래를 불렀던 금발 여자가 같이 나가자고 말했다.

프랑스인인 그녀의 이름은 제인이었고 키가 컸다. 여름마다 이곳으로 여행 온다고 했다. 내가 번번이 영어를 못 알아듣자 괜찮다며 천천히 말해주었다. 우리는 페이스북 주소를 교환한 후에 한참 걸어서 버스 정류장에 도착했다.

"곧 공연이 있어. 날짜랑 장소를 보내줄게. 시간 되면 보러 와.”

도시는 반쯤 눈을 뜬 채 잠들어 있었다. 게슴츠레한 하늘에 구름이 적나라하게 떠다녔고 가로등 밑에 비닐에 담긴 쓰레기가 무더기로 쌓여 있었다. 비척비척 걸어 다니는 흑인들이 보였다.

담배를 피우며 습관적으로 발을 구르고 있을 때 누군가가 등 뒤에서 말했다.

“탭댄스. 흑인 문화지.”

건물 문 앞에 박스를 깔고 앉은 흑인이 환하게 웃었다. 희끗한 머리에 때에 찌든 옷. 블루 톤으로 형형한 눈과 달리 이 하나 빠진 자리가 칠흑처럼 어두웠다.

“계속해, 계속해.”

나는 이어서 춤을 췄다. 스텝을 마무리 짓자 그가 손을 내밀었다. 딱딱하고 거친 표면이 만져졌다. 여기서 잘 거냐고 묻자 두 팔을 펼쳐 이 도시가 자기 침대라고 했다.

“멈추지 마. 계속 밀어붙이라고.”

여전히 웃는 얼굴로 그는 나를 똑바로 쳐다보았다. 수직으로 뚫린 땅굴을 지나 부드러운 바닥에 닿는 듯한 눈이었다.

*

민아와 친구들은 소호에 있는 한 펍에서 모였다. 총 다섯 명 중 네 명이 연인이었는데 한 쌍은 뉴욕을 여행하는 레즈비언 커플이었고 다른 한 쌍은 어학원으로 유학 온 여학생과 뉴저지 출신 백인이었다. 혼자 온 여자는 여학생의 친구로 불법체류 중이었다. 미용실에서 일하며 모은 돈으로 뉴욕에 와 남자를 사귀었고 지금은 그 남자가 아내와 정리하길 기다린다고 했다. 민아는 그녀를 지원 언니라고 불렀다. 우리가 도착했을 때 그들은 맥주를 마시고 있었다. 유학생 희진은 유독 취한 채 엉덩이를 들썩거리며 말을 했다.

"처음에 클라라라고 소개하니까 톰이 뭐라고 했는지 알아? 나보고 진짜 이름을 말하래."

톰은 전혀 못 알아듣는 표정이었다.

"솔직히 조금 부끄러웠어. 왜 부끄러웠는지 모르지만, 아무튼 그랬어."

"좋지 않아? 이름을 불러주는 게?"

"응, 그렇지만 클라라도 싫지 않았거든. 사실 오래전부터 개명을 생각했으니까."

"클라라로?"

사람들이 웃었다.

"어떤 거든. 지금은 신경도 안 써."

희진과 톰은 입을 맞췄다.

"얘기 들었어요. 춤을 추신다고."

지원이 내게 말했다. 그녀는 섬세한 목선에 늘씬한 체형이었다.

"언니 전 남자 친구가 뮤지션이었지, 아마?"

민아가 말했다.

"예술하는 사람들……."

지원은 고개를 저었다.

"스스로를 망가뜨리고 자기만 아는."

"언니를 힘들게 했거든."

"그 정신 나간 짓들. 어디까지라는 개념이 없었지. 혹시 그런 분은 아니시죠?"

"글쎄요."

"저는 착한 예술가를 믿지 않거든요."

"저도 그래요."

레즈비언 커플은 자기들끼리 말하다가 갑자기 웃었다. 탈색한 쪽이 웃음소리가 더 컸다. 후드를 쓰고 왼쪽 코에 링을 한 여자는 말이 없는 편이었다. 우리는 눈이 마주쳤는데 몇 초가 지나도록 서로 피하지 않다가 어색하게 미소 지으며 동시에 인사했다.

두 잔을 넘기자 조금씩 취기가 올랐고 지금 상황이 책의 한 페이지처럼 느껴졌다. 다음 장으로 넘기면 더 이상 들춰보지 않고 어렴풋하게 기억으로 남을 내용들. 친분이 있든 없든 흩어지기 위한 모임처럼 보였으며 그와 같은 목적을 두고 떠들어댄다는 것이 무엇보다 중요한 행위처럼 느껴졌다.

"왜 한국에 들어가지 않는 거야?"

희진이 물었다.

"이미 정리된 거잖아."

"알아. 하지만 난 이게 좋아. 그 사람이 약속을 지킨다면 문제될 게 없으니까."

"어떻게 돌아가겠어. 나는 이해해, 언니."

민아가 말했다.

"거기에 남아 있는 게 아무것도 없는 느낌이야. 끔찍한 시선들만 있지."

지원의 말에 사람들이 공감했다. 조용한 것을 참지 못하는 희진이 입을 막 떼려 할 때 정장 바지에 체크무늬 반소매 셔츠를 입은 남자가 도착했다. 한국인인 그는 자기를 제임스라 소개하며 지원과 가볍게 포옹했다.

"에이, 형부, 오랜만에 만났는데."

유학생이 맥주잔을 내밀었지만 그는 차를 가지고 왔다며

사양했다.

"안전하게 모셔야지."

제임스는 지원의 등을 쓰다듬었고 그녀는 그의 어깨에 머리를 기댔다.

먼저 자리에서 일어난 것은 레즈비언 커플이었다. 탈색한 쪽이 유학생을 안으며 축하한다고 했다. 우리 다 이렇게 될 줄은 몰랐지. 희진이 후드를 쓴 여자에게 손을 내밀었다. 이 친구, 잘 부탁해요. 악수를 마치자 커플은 밖으로 나갔다.

희진이 너무 취했기 때문에 자리는 길게 이어지지 않았다. 톰이 살짝 지친 기색을 보이자 지원은 팁을 계산하기 시작했다. 우리는 각출을 한 후에 밖으로 나왔다.

"조금 정신없었지?"

민아가 말했다.

"괜찮았어."

톰슨가를 지나 커넬역을 향해 걸었다. 얼굴이 붉어진 민아는 평소보다 숨을 깊게 쉬었다. 6번가를 건너려고 기다릴 때 슈퍼 카 한 대가 지나갔다. 낮은 차체가 오묘한 검정으로 빛이 났는데 찌르듯 소리를 내지르고는 사라졌다. 사람들이 서서 웅성거렸다.

"급이 다르네."

민아가 말했다.

"그러게."

지하철을 탔지만 냉방이 되지 않아 다른 칸으로 옮겼다.

"와줘서 고마워."

"재밌었어."

"돌아가기 전에 점심이나 먹자. 연락할게."

"그래."

그녀는 42번가에서 내렸고 나는 같이 내릴까 하다가 그만두었다. 민아의 뒷모습이 평소와 얼마나 다른지 가늠해보았지만 알 수 없었다. 반대편 창을 통해 밝은색 구름에 얼룩진 하늘을 바라보았다.

칼리지시티에서 내려 길을 걷는데 학생으로 보이는 흑인이 가로등 밑에서 무표정한 얼굴로 내 움직임을 좇았다. 백팩을 메고 흰색 바지를 내려 입은 그는 미동도 하지 않았고 우리는 두어 번 눈을 마주쳤다. 꼬마야, 집에나 들어가. 나는 중얼거리며 그가 있는 쪽으로 건너가 제자리에 서서 그를 한 번 쳐다본 후에 다시 걸었다. 발자국 소리가 들리는 듯했지만 숙소에 도착할 때까지 고개를 돌리지 않았다.

*

떠나기로 한 날짜가 지나도록 민아에게 연락이 오지 않았다.

며칠간 비가 내렸고 그 핑계로 쟁여놓은 대마초를 피우며 시간을 보냈다. 바람이 강해 우산 대신 우비를 뒤집어쓴 사람들이 건물을 지나갔다. 간간이 내리치는 번개가 대기를 태웠다. 비에 들쑤셔져 밀려 나온 냄새가 물비린내와 섞였고 멀리서 갈매기로 보이는 물체가 흐릿하게 움직이다 사라졌다.

비가 그치자 공기가 청량해졌다. 바람 온도가 조금 내려갔다.

화장실 청소를 하고 나온 A가 전에 알려준 펍은 어땠냐고 물었다. 나는 식빵을 씹으며 제인에 대해 얘기했다.

"혹시 몰라요, 관심 있는 것일지도."

고개를 젓자 그녀는 정말 모른다니까, 하고 말했다.

"담백한 스타일이잖아, 태일 씨는. 그런 타입을 좋아하는 백인들이 있어요. 거기다가 춤까지 췄으니."

제인이 했던 말이나 행동을 곱씹어 보며 그 모든 것이 나에 대한 관심에서 비롯되었다고 생각하자 좀 비현실적으로 느껴졌다.

A는 결혼하지 않았지만 이십 년 동안 뉴욕에 살면서 꽤 많은 애인을 만났다. 그중에는 월스트리트에서 일하는 남자도 몇 있었다. 그들은 보통 그녀에게 잘해주었고 데이트 비용을 전부 부담하려 했다. 한 끼 식사로 터무니없는 돈을 쓴다면서도 A는 익숙한 일인 듯 말했다.

"그렇게 공을 들이는 이유는 사실 하나니까. 물론 대접받는 기분은 좋지만, 그런 남자들은 사람이 바뀌어도 한결같아요. 완벽하면서 노골적이지."

종종 흰색 커튼으로 가린 A의 침실을 바라보면 잡념들 사이로 어떤 감각이 햇빛처럼 몸 안에 끼어들었다. 그녀 말대로 나는 담백한 사람에 속하는지도 모른다. 우리는 이미 많은 것을 주고받았을 것이다.

"혹시 이 근처에 바다가 있나요?"

"그럼요. 브루클린에 코니아일랜드비치라고 있는데 괜찮아요."

그녀는 내 눈을 빤히 쳐다봤다.

"혼자 다녀오기에도 좋을 거예요."

*

A라인을 타고 가다가 42번가에서 Q라인으로 환승했다.

브루클린을 넘어와서는 지상을 달렸기 때문에 전동차 안으로 햇빛이 들어왔다. 나는 90년대 알앤드비를 들으며 지나치는 건물을 바라보았다. 선글라스를 써서인지 옷장 속에 들어가 세상을 훔쳐보는 것 같았다.

누구에게도 연락하지 않고, 연락 오지 않은 것에 안도했다. 그럼에도 그리움은 눈치 보는 개처럼 주위를 맴돈다.

역에서 내리자 시야가 열리며 바닷바람이 불어왔다. 배가 고파 근처에 있는 가게에서 햄버거와 감자튀김을 사 들고 브라이튼스트리트를 걸었다. 새하얀 콘도가 여러 채 지어진 블록을 지나자 화장실로 보이는 건물 너머로 바다가 보였다. 입구에 흑인 한 명이 접이식 의자에 몸을 깊이 기댄 채 머리를 숙이고 있었다. 힘없이 늘어진 팔이 움직일 때마다 느리게 흔들렸다. 그는 완전히 약에 취해 있었다.

일광욕이나 요기를 하고 있는 사람들이 모래사장에 듬성듬성 보였다. 바람이 강해 파도가 높고 수온이 낮아 보였다. 나는 모래 위에 앉아 햄버거를 먹으며 흐릿한 섬과 구름 몇 조각 빼고 아무것도 없는 바다를 바라보았다. 막연함이 얼얼하게 사방을 조여 오다가 끝없는 공간으로 퍼져나갔다. 힘들게 담배에 불을 붙였지만 내뿜을 때마다 연기가 곧장 사라졌다. 음식 부스러기에 호기심을 보이는 갈매기가 주위를 서성였다.

코니아일랜드비치는 너무 길어서 브라이튼비치 주변을 돌았다. 리시아 점포와 술집에서 낯선 언어가 들려왔다. 모래사장 끝을 지나 주차장을 통과할 때 검은 스포츠카에 기대 키스하고 있는 남녀를 발견했다.

오리엔탈대로의 가로수는 야자수였다. 구역이 확 나누어진 듯 갑자기 중국 상점이 보였고 그중에는 문 닫은 지 한참 된 장난감 가게도 있었다. 여아용 인형이 빛바랜 박스 안에서 창밖을 바라보았다. 가게 너머로 텅 빈 하늘이 펼쳐졌다.

삼십 분 정도 걷자 길 끝에 면적 넓은 건물 하나가 보였다. 펜스가 쳐진 한쪽을 제외하고 부두처럼 곧장 바다와 연결되어 있었다. 직원으로 보이는 사람들이 하나둘씩 퇴근하기 위해 주차장으로 나왔다.

건물 주위를 맴돌다가 돌아오는 길에 넓게 펼쳐진 공원을 만났다. 사람들이 제각각 공간을 차지한 채 자신이 원하는 방식으로 혹은 자신도 모르는 방식으로 몸을 움직였다. 혼자 있는 사람은 잘 보이지 않았다. 그런 부류는 나처럼 벤치에 앉아 잔디가 자란 무대를 지켜보고 있었다.

옆을 돌아보자 무성하게 자란 관목 사이로 구멍이 보였다. 나는 그 안으로 몸을 숙여 들어갔다. 빽빽한 덤불을 헤치며 앞으로 나아가자 통로가 점점 넓어졌다. 물이 말라 헬

쑥해진 강줄기와 진흙으로 덮인 강가가 나타났다. 보트 하나가 진흙에 바닥을 묻은 채 수풀에 몸을 기대고 있었다. 여기저기 흩어진 발자국이 어지러웠다. 나는 신발이 더러워지지 않을 정도까지 들어가 발자국을 몇 개 남겼다. 건너편에 있는 버드나무 잎이 바람에 흔들려 허공을 쓸었다.

*

뭔가를 더 해야 한다는 생각이 들었다.

사람들 앞에서 공연을 안 한 지 꽤 오랜 시간이 흘렀다.

버스킹을 위해 퀸스에 있는 마트에서 나무판과 고정끈을 샀다. 너무 작으면 움직임에 제약이 있을 것 같아 가로세로 일 미터가 조금 넘는 크기로 합판을 잘랐다. 잔뜩 화가 난 듯한 흑인 재단사는 마치 개인 업장인 것처럼 무례했다.

42번가에 있는 스토어에서 충전식 스피커를 샀지만 뜯어보니 미러볼이 달려 있는 파티용이었다. 방에 퍼지는 미러볼의 색감이 좋아 새벽까지 맥주를 마시며 바라보았다. 다음 날 스피커를 교환하면서 앰프용 손수레도 같이 샀다.

주로 센트럴파크나 브라이언트파크, 워싱턴파크 등에 판을 깔았다. 라이선스가 없는 뮤지션들은 관리 요원의 눈치를 보며 치고 빠지기를 반복했다. 그중 기타와 색소폰으로 구성된 팀의 공연에 나는 허락도 구하지 않고 끼어들었다. 이십대로 보이는 그들은 별 거부감 없이 받아주었고 공연이 끝나면 정확히 3분의 1에 해당하는 금액을 챙겨주었다. 연주는 딱히 순서나 형식이 없었다. 모든 것이 즉흥이었고 나는 원할 때 끼었다 빠지기를 반복했다. 나무판이 좁게 느껴지면 바닥으로 내려갔다. 커다란 아치형 입구에 부딪쳐 탭 소리가 사방으로 퍼졌다. 데이비드가 가지고 온 스케이트보드에 한 발을 걸치고 바닥과 보드 위를 오가며 리듬을 만들기도 했다. 우리는 벤치에 앉아 돌려가며 마리화나를 피웠다.

관리 요원이 나타나면 공연을 멈췄지만 그들을 미처 발견하지 못할 때도 있었다. 키가 작고 배가 나온 남자가 조용히 다가와 낮은 목소리로 말했다.

"불법인 거 알지? 내쫓을 거야."

우리는 계속되는 방해에 서로 멀어졌다.

거리마다 행사, 축제가 이어졌고, 각국 사람들이 전통의상을 입은 채 악기를 연주하며 행진했다. 관광객들의 호응에 반응하며 퍼레이드는 점점 더 요란하고 풍성해졌다.

나는 주로 지하철을 탔지만 거리가 짧으면 손수레를 끌고 걸어서 이동했다. 짐의 무게는 적어도 삼십 킬로그램 정도 되는 것 같았다. 합판의 각진 모서리가 누군가의 옷깃에 닿을 때마다 더 작게 재단하지 않은 것을 후회했다. 비교적 큰 짐을 들고 있는 사람들이 눈에 들어왔다. 이젤이나 캔버스, 대형 악기, 캐리어, 옷 보따리 등등. 그러다 클럽에서 본 일본인 베이시스트를 발견했는데 이마에 맺힌 땀이 미간으로 흘러내리고 있었다. 그는 더블베이스에 기대어 지하철을 기다렸다. 스프레이로 빳빳하게 올린 머리와 몸에 붙는 청바지, 검정 구두의 조화가 더욱 더워 보이게 했다. 눈을 마주쳤지만 나를 전혀 기억하지 못하는 것 같았다.

살갗을 태우는 폭염이 이어졌다. 강렬한 햇빛으로 콘크리트 바닥이 이글거렸고 어지럽게 뒤엉킨 열기가 강에서 불어오는 바람에 흩어졌다. 누군가 열어놓은 소화 배관에서 물줄기가 쏟아져 나와 도로를 적셨다. 흑인 아이들이 그 주위에서 물놀이를 했다.

*

판 위에 앉아 쉬는 시간이 늘었다. 열정의 문제일 수도 있지만 수업 영향이 컸다.

레슨에 대한 이질감은 여전했다. 몸이 먼저 움직이고 머리가 그 정보를 나중에 처리하는 방식이 반복되었다. 알고 하는 것보다 하고 나서 이해하는 경우가 많았기 때문에 전체를 조합하는 데 시간이 걸렸다. 루틴을 이해해도 다른 사람을 곁눈질하지 않으면 끝까지 이어나갈 수 없었다. 모든 것은 여전히 빠르게 진행되었고, 수업이 끝나면 대부분 잊어버렸다.

물론 강사마다 방식이 달랐다. D는 자신만의 안무와 즉흥에 대한 접근을 적절히 분배해 진행했고, B는 그레고리 하인스의 스텝과 움직임을 정석으로 가르쳤다. W는 짧게 보여주고 수강생이 바로 따라 하는 방식으로 한 시간 동안 기본기를 반복했다. 강도가 높아 대부분 힘들어했다. W의 집중력은 흐트러짐이 없었다. 그렇게 진을 빼고 난 후에 간단한 루틴이나 기술을 알려주었다.

"다른 댄서의 스텝을 순간적으로 카피할 수 있는 능력이 있어야 해."

사진을 찍듯 동작을 이미지화한 다음 그대로 실현하는 것은 상상력에 더해 연기가 필요했다. 마치 해본 적이 있는 것처럼. 그보다 중요한 것은 해본 적이 있는 사람이 되는 것이다. 처음 해본 나, 하고 있는 중인 나, 해본 나가 동시에 나타났다. 동작이 마무리되는 순간 그 스텝은 사라졌다. 훔쳤다고 해서 내 것은 아니었다.

기본기와 방법론 사이를 오갔기 때문에 이 둘의 연결고리를 찾는 것은 개인의 몫이었다. 강사들은 잘 연습하지 않는 것들을 강조했다. 굳이 부족한 부분을 만들어 곤란해야 할 필요는 무엇인가. 스튜디오는 그런 질문들로 조용해졌다.

즉흥 수업(improvise class) 역시 수월한 방식을 피해 갔다. 음악이나 메트로놈이 없는 것은 당연했고 드러머들이 하이햇과 킥을 사용해 박자를 지키는 것처럼 그 역할을 목소리가 맡았다. 4분의 4박자나 4분의 3박자를 직접 원, 투, 스리, 포, 카운트하며 춤을 췄다. 음악과 메트로놈에 익숙한 사람들은 두 마디도 제대로 하지 못하고 놓쳤다. 내가 어디에 있는지 인식하는 순간 리듬을 잃었다.

W는 이 트레이닝을 완벽하게 해냈다.

이런 수업을 듣고 나면 한동안 즐기는 잼을 하지 못했다. 사람들 앞에 서는 것이 무의미하게 느껴졌고 터무니없는 스킬로 무장한 누군가가 지켜보는 것 같았다.

중·고급을 맡은 강사들은 즉흥을 수업에 꼭 넣었다. B는 즉흥 탭만 가르치는 수업을 진행하기도 했다. 실력이 잘 늘지 않는 사람들이 찾는 클래스였다. 간단한 설명이 끝나고 원을 만들어 두 마디씩 춤을 췄다. 내가 한 마디를 끝냈을 때 B가 멈추라며 손을 들었다.

"혹시 화났니?"

"아니."

"마치 화가 난 사람 같아. 더 부드럽게 해봐."

나는 처음보다 약하게 바닥을 때렸다.

"그래, 그렇게 해. 강하게 치는 것은 이런 연습이 충분히 된 다음에 하는 거야."

그러나 그녀의 기대와 달리 나는 아무것도 할 수 없었다.

"조금 무섭지."

수업 중 있었던 일을 언급하자 다이스케가 말했다.

"기본기에 관한 얘기일 거야."

"기본기?"

"응, 펑크를 표현하려면 스윙을 연습해야 한다는 것이 B의 생각이지."

"맞는 말이지만……."

"신경 쓰지 마. 나는 잘못되었다고 생각하지 않아. 부족한 걸 어떻게 해."

다이스케는 미간을 모았다.

"그래서 여기 와 있는 거잖아."

그와 나는 공유하는 것이 있었다. 바닥을 강하게 때리는 습관, 박자를 무수하게 쪼개며 리듬을 이어나가는 방식, 가능하면 테크닉을 섞어보려는 노력 등. 이것은 〈브링 인 다 노이즈, 브링 인 다 펑크〉를 보며 탭댄스를 시작한 세대들의 특징이기도 했다. 묵직하고 또렷한 소리를 기반으로 공격적인 에너지를 표현하는 것. 물론 그것이 전부는 아니었

다. 빽빽하고 단단한 사운드에 멜로디를 더해야 했고 이것
은 재즈의 솔로 연주를 듣지 않고는 어려운 일이었다.

B는 허밍과 스캣을 강조하며 노래하라고 부추겼다. 많
은 연주자처럼 소리 내는 동시에 발로 리듬을 표현해보라
고. 리듬 안에 이미 동작이 포함되어 있어야 하며 낚싯바늘
에 걸린 물고기를 끌어 올리듯 팽팽함을 유지한 채 자연스
럽게 춤을 뽑아내야 한다. 노래와 동작은 하나였다. 그러나
목소리가 제대로 나오지 않았다. 정해진 멜로디가 아닌 자
기 안에서 나오는 리듬을 노래하는 것은 사람들 앞에 처음
섰을 때의 기억을 떠올리게 했다.

다이스케와 나는 목소리가 아니라 마음으로 리듬을 만
드는 것에 익숙했다. 몸이 가는 대로 사운드를 구성했고 연
습이 덜 된 스킬을 과감하게 사용하기도 했다. 물론 입으로
노래하며 이어나가는 방법에 비해 소리가 명확하지 않아
자주 리듬이 망가졌다. 차분히 음악에 접속하기보다 본능
에 가까운 움직임으로 에너지를 확장시키는 것이 그와 나
의 방식이었다.

다이스케의 도전적인 태도는 밖이 아닌 자기 안으로 향
하는 것이었다. 소리의 또렷함과 역동성은 그가 앞섰고 리
듬에 여유를 주고 전체적인 템포를 조절하는 역할은 내가
했다. 힘이 들어가 뻣뻣해 보여도 그의 기본기는 훌륭했다.

다이스케가 주로 집중하는 것은 풀백이나 윙이 들어간 스킬을 한계점까지 밀어붙이는 것이었고 그 때문에 잘 다듬어진 기본기가 전면에 나올 일이 많지 않았다. 나는 차분한 스토리 전개에 관심이 많았다. 악센트, 폴리미터 리듬(연주하는 한 곡 안에서 두드러지게 대조적인 리듬을 동시에 연주하는 방법)을 이용한 강조와 예상치 못한 전개를 이야기의 중심부로 끌고 오는 방식. 익숙한 구성이 변형된 흐름으로 번졌다가 새로운 형태가 되어 돌아온다. 그리고 그곳에서 다른 장으로 이어질 실마리를 탐색한다.

모든 것이 나의 이런 시도를 막았다. 사람, 공간, 공기, 감정, 생각 들이 리듬을 벼랑으로 몰았다. 소리가 눈앞에서 떨어졌다. 그것들이 죽은 자리에서 늘 다시 시작해야 했다. 다이스케는 내가 터놓은 길을 따라오다가 균형을 잃기도 했지만 그것은 안정을 위해 기본기로 돌아가는 과정이었다. 나는 설득하고 그는 도약했다.

다이스케는 일본인 친구들과 틈날 때마다 연습 스케줄을 잡았다. 어학원에 나가지 않는 날은 일식집에서 일해 쉬는 날이 없었다. 그에 비해 나는 한동안 별다른 일을 하지 않고 도시를 돌아다니며 시간을 보냈다.

맨해튼은 매일같이 공연이 있었다. 유명한 가수들이 매디슨스퀘어파크에서 무료로 공연을 열고 〈시카고〉 같은 대형 뮤지컬을 위해 센트럴파크에 야외무대가 설치되었다. 할렘의 니컬러스파크나 마커스가비파크에서 진행한 페스티벌은 꽤 규모가 컸다. 유행이 지난 알앤드비와 힙합을 틀어놓았고 사람들은 모였다 흩어지기를 반복했다. 대부분 흑인이었고 마이크를 잡은 엠시가 분위기를 주도했다. 느릿느릿 움직이는 몸짓이 하나의 물결을 이루며 공원에 넘실거렸다.

돌아다니다 지치면 브루클린브리지를 찾았다. 산책을 나온 사람들이 나란히 걷거나 지나쳤다. 곳곳에서 들려오는 소음을 바람이 집어삼켰다. 다리 양 끝에 기다리고 있는 것은 어둠에 몸을 가린 시청과 공원이었다. 불빛이 없는 시청의 고요를 견딜 수 없어 공원에서 주로 시간을 보냈다. 어두워지면 미로가 되는 그곳의 벤치에 앉아 담배를 피우거나 강에 비친 불빛을 바라보았다.

*

마지막 한 주를 보낸 후 짐을 쌌다. 앱으로 알아보니 브루클린에 반값으로 머무를 수 있는 숙소가 있었다. 코모도어공원 옆에 위치한 호스텔이었는데 카드도 가능했다.

"궁금한 거 있으면 언제든지 물어봐요."

A와 작별 인사를 하고 숙소를 나왔다. 그사이에 짐이 늘어 우버를 불렀다. 콜을 받은 흑인이 쉐보레 SUV를 끌고 나타나 짐 싣는 것을 도와주었다.

도착하니 허름한 이층집이었다. 청소를 하지 않아 주변에 나뭇잎과 먼지가 돌아다녔다. 전체적으로 사람이 머물고 있는 분위기는 아니었다. 문을 두드렸지만 아무런 반응이 없어 한참 동안 주위를 어슬렁거렸다. 담배를 막 물었을 때 두 채 떨어진 건물에서 헤이, 하고 누군가가 손을 흔들었다. 나이 든 흑인이었다. 캐리어를 끌고 가자 그는 건물 안으로 들어오라고 했다. 입구에 들어서니 양옆으로 문이 있는 통로가 있었고 그 끝에 2층으로 올라가는 계단이 보였다. 왼쪽에 있는 방이 사무실로 보였는데 상대적으로 젊어 보이는 다른 흑인이 각각 따로 떨어진 책상 중 하나를 차지하고 앉아 있었다. 각종 서류와 고물처럼 보이는 전화기가 눈에 들어왔다.

"난 루야. 이름이 뭐지?"

나이 든 남자가 손을 내밀었다. 나는 악수하며 이름을 말했다.

"반가워. 지금 계산할 거야?"

카드를 건네자 그는 USB 단말기를 휴대폰에 연결해 결제했다.

"됐어. 따라와."

루는 내 캐리어를 번쩍 들고 허름한 집으로 향했다. 열쇠로 문을 열고 안으로 들어가자 알전구 하나가 천장에 매달려 낡은 카펫을 비추고 있었다. 루는 어두운 지하로 내려갔고 나는 그를 따랐다. 방으로 통하는 입구가 열려 있었다. 안은 비교적 밝은 편이었지만 여전히 조도가 낮았다. 오랫동안 빨지 않은 이불과 옷가지에서 올라오는 냄새가 퀴퀴했다.

2층 침대 세 개가 방의 오른편에 세로로 하나, 정면에 가로로 나란히 놓여 있었다. 사람은 안 보였고 매트리스 위에 던져 놓은 짐과 옷가지 들이 눈에 들어왔다. 캐리어와 여행용 가방 몇 개가 타일 깔린 바닥에 누워 있었다.

입구 오른쪽 침대 밑이 내 자리였다. 캐리어를 침대 머리쪽에 놓고 가방을 그 위에 얹었다. 식탁으로 간 루가 손짓했다. 언제 뜯었는지 모를 식빵과 변색이 시작된 바나나가 물 쏟아진 탁자 위에서 뒹굴었다.

"여기가 화장실이야."

방보다 더 어두운 빛의 화장실은 비누와 일회용 면도기, 물에 젖은 휴지로 엉망이었다. 유난히 면적이 넓은 변기가 무엇이든 집어삼킬 것처럼 입을 벌리고 있었다. 루는 손가락으로 샤워기를 가리키며 나를 보았다. "뭐" 하고 반응하자 "샤워" 하고 대답했다.

냉장고에는 각종 음료수와 물, 인스턴트 음식이 애매한 간격을 유지한 채 칸칸이 놓여 있었다. 루는 바닥에 떨어져 있는 비닐봉지를 집어 감자칩 뒤에서 썩고 있는 귤 하나를 버렸다.

"아주 시원하고 좋은 냉장고야."

그는 키를 건네주며 침대보를 갈아야 하니 잠깐 밖에 나가 있으라고 했다. 나는 담배를 챙겨 길 건너에 있는 코모도어공원으로 향했다. 제대로 관리하지 않아 잔디 표면이 거칠었고 넓은 공터 반대편의 언덕은 한쪽으로 치우쳐 있었다. 벤치에 앉아 담배를 피우다가 검정색 고양이 한 마리가 언덕 뒤로 사라지는 것을 보았다.

숙소로 돌아왔을 때 루는 식탁을 치우고 있었다. 새 방을 만들 것처럼 열심히 움직였지만 별로 정리한 티가 나지 않았다.

"내일 테라스에서 다 같이 점심 식사를 할 거야. 별일 없으면 같이 먹자."

"알았어."

"근데 뭘 한다고 했지?"

바닥에 있는 침대보를 집어 안으며 그가 물었다.

"댄서야. 탭댄서."

“오.”

갑자기 발을 구르며 루는 깔깔 웃었다.

“멋지구면.”

그가 나가자 나는 짐을 풀었다. 물과 코코넛주스를 최대한 보이지 않게 냉장고 안쪽에 눕혀 넣고 모자와 양말을 벗어서 침대 구석에 놓았다. 탁자가 없었기 때문에 물건을 둘 다른 방법은 없었다. 여권과 얼마 되지 않는 현금을 꺼내어 베개 밑에 넣고 몸을 눕히자 철제 침대가 삐걱거리며 흔들렸다.

*

소란스러운 소리에 잠에서 깼더니 바로 옆 침대에서 백인 커플과 여자 한 명이 독일어로 대화하고 있었다. 커플은 위층이고 여자는 아래층이었는데 반팔 티셔츠를 걸친 것을 제외하면 셋 다 속옷 차림이었다. 아래층에 있는 여자가 무언가 진지하게 말하자 커플 중 남자가 대답했다. 독일어 특유의 투박한 발음인데도 부드럽고 차분한 목소리였다. 그렇게 몇 번 대화가 오가다 여자가 화장실에 갔고 커플은 부스럭거리며 자리에 누웠다. 돌아온 여자 역시 말없이 침대에 누웠다.

그들은 새벽에 짐을 싸서 떠났다. 언제 들어왔는지 비어 있던 침대에 사람이 누워 있었다. 나는 슬리퍼를 신고 비척비척 일어나 화장실로 갔다. 얼룩덜룩한 거울 물때 사이로 흐리멍덩하게 서 있는 내가 보였다. 전날까지 머물던 아파트와 여주인 A의 얼굴이 스쳤다. 이곳이 브루클린의 어느 지하실이라는 것과 반값짜리 호스텔이라는 사실에 안도했다.

"점심 먹을 시간이야. 빨리 올라오라구."

다시 깨어나 올라가자 사람들이 모여 앉아 있었다. 자고 있을 때 들어온 두 명과 사무실 건물에 머무는 네 명 모두 유럽인 여행객이었다. 음식은 다양했지만 썩 입맛에 맞지 않았다. 올리브오일파스타와 바게트빵 몇 조각을 먹고 일어나는 나를 보며 루가 하늘을 가리켰다.

"해가 뜬 지 한참이야."

나는 어깨를 으쓱하고 다시 지하로 내려갔다.

누워서 휴대폰을 보고 있을 때 페이스북으로 제인에게 연락이 왔다.

[이스트 73번가 2번 대로에 있는 울프힐에서 공연해. 시간 되면 금요일 저녁 아홉 시까지 와.]

호스텔에서 지하철역은 십오 분 거리였다. 공원을 가로질러 고가도로 밑을 지나면 흑인들이 사는 아파트 단지가 보였다. 구불구불 정원이 조성된 단지는 아담했고 전동 휠체어를 탄 노인들과 놀러 나온 아이들이 놀이터에서 시간을 보냈다. 단지를 빠져나오면 역세권이어서 상점과 유동 인구가 많았다. 바닥이 다 탄 일 달러짜리 피자를 사 먹고 맨해튼으로 향했다.

술집은 왁자지껄했다. 테이블은 물론 스탠딩 바까지 꽉 차서 사람들 사이를 비집고 들어갔다. 금색으로 울프힐이라고 적힌 입구 앞에 키 큰 백인이 맥주를 들고 서 있었다.

"여기가 울프힐이야?"

그는 말없이 고개를 끄덕였다. 나는 두껍게 방음한 문을 열고 들어갔다.

전체적으로 붉은 조명 아래 가슴 높이까지 올라온 무대가 보였다. 술집과 달리 꽤 넓은 홀에 사람들이 병맥주를 든 채 공연을 기다리고 있었다. 제인의 모습은 보이지 않았다. 나는 한쪽에 작게 놓인 바로 가 진토닉을 주문했다. 머리를 말끔하게 민 백인이 무표정한 얼굴로 술을 만들었다.

음향 점검이 끝나자 흑인 보컬이 무대 중앙에 섰다. 옆머리를 밀고 남은 부분을 드레드 해 위로 올려 묶은 여가수였다. 어깨가 뾰족한 재킷에 짧은 스커트가 그녀의 마른 몸매와 잘 어울렸다. 가볍게 마이크 체크 후 멘트 없이 음악이 시작되었다. 멜로디와 창법이 알앤드비에 가까웠지만 사이키델릭한 사운드가 곡을 어두운 방향으로 이끌었다. 날것과 트렌드 사이를 오가는 실험적인 음악에 여자의 목소리가 어울렸다. 그녀는 듬성듬성 서 있는 관객들 위로 솟아 공간을 지배했다.

여자는 세 곡을 부르고 무대 밑으로 내려왔다. 눈을 마주치자 내게 다가왔다.

"안녕. 여긴 처음이야?"

"응."

"환영해."

"멋진 공연이었어."

"고마워. 혹시 가수야?"

"아니, 댄서야. 탭댄서."

"와우, 같이 무대 해볼래?"

"여기서?"

"응, 나랑."

대답을 머뭇거리고 있을 때 키 큰 남자가 그녀에게 말을 걸었다. 나는 다시 바로 가 한 잔 더 주문했다.

새로운 무대 세팅이 시작되었고 연주자들이 악기를 점검했다. 조명이 어두운 푸른색으로 바뀌자 흰색 바지에 민소매 셔츠를 입은 제인이 무대에 올랐다. 푸른빛으로 물든 노랑머리가, 드러난 어깨에 걸쳤다가 등 뒤로 떨어졌다. 재즈 뮤지션인 줄 알았던 제인의 음악은 팝에 더 가까웠다. 역시 어두운 톤이었지만 흑인에 비해 공격적이었고 절정에서는 감정에 호소하기도 했다. 다양한 표정과 제스처 때문에 어떤 곡은 뮤지컬을 연상시켰다.

그녀는 네 곡을 부르고 내려왔다. 검정 위에 파랑 마스카라를 살짝 덧바른 눈과 분홍빛 입술이 묘한 조화를 이루었다. 굽이 있는 샌들을 신어 큰 키가 더 커 보였다. 무대에서 내려오는 계단 옆에 흰색 테이블이 있었고 그 위에 제인의 앨범이 수십 장 놓여 있었다. 관객 한 명이 시디를 사 갔다.

나를 발견한 제인은 소녀처럼 손을 모으며 미소를 지었다. 몸에 남아 있는 공연의 여운이 전달되었다.

"와줘서 고마워."

"잘 봤어."

"긴장했어. 뉴욕에서 한 첫 공연이거든."

"그렇게 보이지 않던데?"

"그랬다면 다행이야."

"이 도시에는 얼마나 더 머물 거야?"

"두 달."

그녀는 손가락으로 브이를 만들었다. 대화를 이어나가고 싶었지만 마땅한 단어가 떠오르지 않았다.

"술 한 잔 사줄까? 이거 진토닉인데."

"아니, 괜찮아. 지금은 못 마셔."

한 흑인 남자가 시디를 집었다. 둘은 전에도 만났던 것처럼 빠른 영어로 대화를 시작했다.

약간 취한 채로 울프힐을 나왔다. 펍은 여전히 시끌벅적했고 스피커에서 흐르는 비트가 귀를 때렸다. 밖으로 나오자 대여섯 명씩 무리 지은 사람들이 병맥주를 든 채 끊임없이 떠들고 있었다. 가라앉은 밤공기가 주변을 떠다녔다.

열두 시가 넘어 도착한 브루클린은 역에서 멀수록 인적이 없었다. 아파트를 지나 넓은 공터를 가로질러 고가도로 밑으로 향할 때, 무방비 상태에 놓인 나를 습기 품은 바람이 훑고 지나갔다. 발목에 걸린 어둠을 질질 끌며 코모도어 공원에 도착하자 펜스 너머로 숙소가 보였다. 덩치 큰 흑인이 후드를 뒤집어쓴 채 걸어오다가 나와 마주치기 전에 골목으로 사라졌다.

*

먹을 것을 사거나 산책 나갈 때를 제외하고 일주일 동안 꼼짝하지 않고 숙소에서 지냈다. 여행객들은 머무는 기간이 길어야 3일을 넘기지 않았는데 짐만 덩그러니 두고 나타나지 않다가 기척 없이 사라지는 경우도 있었다. 아침에 루가 청소하러 오면 나는 슬리퍼를 끌고 공원으로 향했다. 며칠 사이에 더위가 꺾인 것이 느껴졌고 예상이라도 한 것처럼 피크닉을 나온 가족들이 공원에 설치된 드럼통에 바비큐를 구웠다. 나는 담배와 대마초를 번갈아 피우며 그 모습을 지켜보았다.

내가 하는 일 없이 잠만 자고 있다는 사실을 아는지, 루는 가끔 흘끗거리며 고개를 저었다. 새로운 환경에 적응 중이라는 사실을 그는 알지 못했다. 물론 일주일 치 숙박비를 써가며 적응할 만한 것이 있는지는 나조차 의문이었다. 무한정 대마초를 피우며 졸릴 때마다 잠들 필요가 있다는 것을 알 뿐이었다.

머리가 어지러울 정도로 취해 지내다가 하루를 넘겨 자기도 했다. 눈을 떴을 때는 저녁 여섯 시쯤이었고 배가 너무 고파 과자와 빵을 넣어둔 봉지를 뒤적거렸지만 뜯긴 비닐만 손에 잡혔다. 멍한 머리를 깨우기 위해 세수를 하고 열쇠와 휴대폰을 챙겨 현관으로 올라갔다. 비가 내렸고 테라스 파라솔 밑에 대여섯 명이 모여 있었다. 다들 앳된 얼굴에 몇몇은 여드름이 보였다.

"혹시 우산 있어?"

연갈색 머리에 주근깨가 난 아이가 말했다. 얼떨결에 고개를 끄덕이자 어디 갈 거냐고 물었다. 나는 배가 고프다고 말했다.

"근처에 세븐일레븐이 있어. 같이 가자."

우산을 갖고 와 펼치자 갈색 머리 주근깨가 안으로 들어왔다. 남은 다섯 명이 우산 두 개를 나눠서 썼다. 우리는 플러싱대로를 걸었다. 번개가 번쩍이고 몇 초 뒤에 천둥이 쳤다. 앞서가는 여자아이들이 비명을 지르자 주근깨가 겁쟁이라고 소리쳤다. 아이들끼리 몇 번 말을 주고받았지만 어느 나라 말인지 알 수 없었다. 비는 더 많이 내려 반바지 밑단까지 물이 튀었다.

세븐일레븐은 건물 회랑 안쪽에 있었다. 우리는 기둥을 지나쳐 들어가 우산을 접었다. 편의점에서 빵과 음료수 등을 사 가지고 나왔을 때 주근깨가 담배를 피우고 있었다. 한 대만 달라고 하자 그는 고개를 저으며 편의점을 가리켰다.

"사서 피워. 넌 성인이잖아."

나는 그 애를 빤히 쳐다봤다. 그리고 녀석이 한 것처럼 세븐일레븐을 가리켰다.

"가서 우산 사."

주근깨는 이빨에 낀 교정기를 다 드러내 보일 것처럼 웃었다. 그러다 주머니에서 말보로를 꺼내 한 개비 건넸다. 담배를 물고 그가 준 라이터에 불을 붙이자 불꽃이 치솟았다. 깜짝 놀라 고개를 젖혔더니 주근깨가 큭큭거리며 웃어댔다. 나는 손가락으로 이마가 탔는지 확인하고 다시 라이터를 켜 담배에 불을 붙였다.

"이 라이터는 이제 내 거야."

"뭐?"

"못 들었어?"

그는 여전히 장난기 어린 눈이었지만 그 안에서 경계심이 느껴졌다. 가득 찬 봉투를 들고 아이들이 편의점에서 나왔다. 그들 중 아무도 우산을 사지 않았다. 나는 건물 밖으로 나왔다.

"안 가?"

주근깨는 미동도 하지 않고 조용히 타들어가는 담배를 든 채 가는 눈으로 나를 바라보았다. 갑자기 미친 듯 비가 쏟아졌고 나는 발걸음을 옮겼다. 달려오는 주근깨에게 얻어맞는 상상을 하자 후두부에 통증이 느껴졌다. 그러나 그는 따라오지 않았고 나는 혼자 숙소로 돌아왔다.

처박혀 지낸 지 10일이 넘자 조금씩 따분함과 두려움이 몰려왔다. 아무리 피워도 기분은 바뀌지 않았다. 낮 시간을 무의미하게 허비하고 나면 마음이 답답해졌다.

약간 부은 다리를 이끌고 밤공기가 가라앉은 밖으로 나갔다. 상점과 건물, 사람 들을 지나치다가 이끌리듯 으슥한 곳으로 발길을 돌렸다. 불빛이 없는 골목은 너무 어둡고 조용해서 오래 있을 수 없었다. 포트그린공원은 빛과 어둠이 엎치락뒤치락했다. 진동하는 풀 냄새를 맡으며 걷다가 벤치에 앉았다. 늙은 호박처럼 축 처진 몸에 몽롱한 정신이 수평기의 물방울처럼 돌아다녔다. 공원 안에 잘 지어진 집이 한 채 있었는데 사람은 없고 불만 켜져 있었다. 집 뒤로 보이는 나무들이 터져 나오는 허무를 품은 채 어둠 속에서 나를 내려다보았다.

마리화나가 다 떨어졌기 때문에 어쩔 수 없이 맨해튼에 가야만 했다. 새로 만난 딜러의 이름은 래리였는데 절름발이에 말을 심하게 더듬는 흑인이었다. 장소는 그가 정했고 보통 전화 부스 안에서 거래가 이루어졌다. 신호를 보내면 내가 안으로 들어가 물건을 확인하는 식이었다. A급 품질에 가격도 적당했다. 래리는 마치 보석을 보여주듯 대마초가 담긴 신문지를 두 손으로 받쳤다.

"보, 보, 보여? 일, 일, 일 온스야. 아, 아, 아, 주 좋아."

양은 늘 일정했다.

*

"헤이, 빨리 일어나."

깊게 잠들어 있을 때 루가 어깨를 흔들어 깨웠다. 몸을 일으킬 새도 없이 그는 내 팔목을 잡아끌었다.

"무슨 일이야?"

"시간이 없어."

나는 휴대폰만 챙겨서 그가 이끄는 대로 움직였다. 우리는 1층으로 올라가 복도를 통해 뒷문으로 나왔다. 잡초가 무성히 난 뒤뜰엔 텔레비전과 가구가 버려져 있었다.

"여기로 올라가."

루는 2층으로 연결된 철제 사다리를 가리켰다. 어이가 없어 쳐다보자 그는 다급하게 다시 말했다.

"시간이 없어."

사다리는 점프를 하지 않으면 닿기 어려운 높이에 있었다. 루는 내 허리를 두 손으로 붙잡으며 카운트를 할 테니 셋에 뛰어오르라고 했다. 타이밍이 맞지 않아 실패하자 그는 짜증을 냈다.

"너 댄서라면서."

두 번째 시도에 가까스로 손이 닿아 녹이 슨 사다리를 붙잡을 수 있었다. 루는 밟고 올라갈 수 있게 어깨를 내주었고, 나는 좀 더 높은 위치로 손을 옮긴 후에 허리를 접어 발끝으로 사다리를 짚었다.

"좋아, 창문으로 들어가면 돼."

"얼마나 있어야 하는데?"

"내가 부를 때까지."

2층은 잡다한 물건으로 어질러진 큰 방이었다. 드라이기나 수면 등 같은 가정용품이 널브러져 있었고 유리 조각들 위로 아이들이 입는 원피스가 걸레처럼 구겨져 있었다. 문짝이 뜯겨 나간 화장실에 물기 하나 없는 세면대와 변기가 덩그러니 보였다. 먼지가 앉은 거울과 타일 바닥을 바라보다가 다시 방으로 나왔다.

마땅히 앉을 데가 없어서 주위를 서성거렸다. 삼십 분이 지났지만 루는 여전히 잠잠했다. 먼지와 모래가 굴러다니는 바닥을 슬리퍼로 쓸며 오십 바퀴쯤 방 안을 돌았을 때, 더 이상 참지 못하고 내려갔다. 계단이 어두워 휴대폰으로 발밑을 비쳤다. 인기척은 없었지만 지하에 사람이 있을지도 몰라 1층 현관문을 열고 밖으로 나왔다. 아무렇지 않은 척하며 공원으로 향하는데 길 한가운데를 점령하고 있던 남자 넷이 천천히 걸어왔다.

"잠깐 대화할 수 있을까요."

큰 키에 체격이 좋은 그들은 바리케이드를 치듯 나를 둘러쌌다.

"지금 나오신 곳에서 얼마나 머물렀죠?"

못 알아들었다는 표정을 짓자 말을 꺼낸 사람이 미소를 지었다.

"얼마나 머물렀죠? 사실대로 말해주시면 됩니다."

"일주일이요."

"돈을 지불했나요?"

"네."

그들끼리 나눈 대화 속에서 불법이라는 단어가 들렸다.

"정보 주셔서 감사합니다."

나는 고개를 끄덕이고 공원으로 향했다. 거의 한 시간이 지나도록 그들은 같은 위치에 서서 호스텔을 주시했다.

경찰이 사라진 후에 나는 숙소로 돌아갔다. 지하에 들어서자 루가 굳은 얼굴로 침대 시트를 걷고 있었다.

"부를 때까지 내려오지 말라고 했잖아."

"무슨 일인데?"

"여기서 영업을 못 하게 됐어, 제기랄."

"그럼 난 어떻게 해?"

"환불받든가, 침대를 옮기든가 해. 머물 곳은 있으니까."

당장 다른 숙소를 잡는 것이 귀찮았기 때문에 침대를 옮기기로 했다. 짐을 싸서 루를 따라 사무실 건물로 이동하자 캐리어를 든 젊은 백인 남녀가 입구에 서 있었다. 화가 난 여자에 비해 덩치 큰 남자는 무덤덤한 표정이었다.

"뭐 이런 일이 있어?"

여자가 결국 참지 못하고 한마디했지만 루는 반응하지 않고 그녀의 캐리어를 번쩍 들어 건물 안으로 옮겼다. 나와 남자는 각자 짐을 들고 안으로 들어갔다.

2층은 나무 바닥으로 된 거실이었다. 물건이 많아 실제 크기보다 좁아 보였다. 루는 사슴 그림이 그려진 카펫 위에 캐리어를 올려놓고 양쪽 벽에 붙은 2층 침대를 가리켰다.

"여기서 머물면 돼. 화장실은 저쪽에 있고 주방은 1층에 있어. 물어볼 거 있으면 사무실로 와."

그는 한쪽에 쌓인 이불보를 들고 내려갔다.

"미안하다는 말도 없어."

여자가 침대에 걸터앉으며 말했다.

"범죄자."

덩치 큰 남자와 나는 얼굴을 마주 보았다.

"어느 침대?"

내가 묻자 그는 위를 가리켰다.

"공기가 더 깨끗하거든."

남자는 가방을 던져 올려놓고 팬티가 보이는 엉덩이를 씰룩거리며 천천히 위층으로 올라갔다.

*

퀸스에 꽤 저렴한 숙소가 있었다. 한국 사람이 운영하는 호스텔이었고 7호선 종착지인 플러싱역에서 십오 분 정도 걸어야 했다. 맨해튼 중심부에서는 한 시간 거리였기 때문에 조금만 부지런하면 브루클린에 머무는 것과 다를 바가 없었다. 루의 호스텔에 있으면서 맨해튼에 간 횟수는 한 손으로 꼽을 정도여서 사실상 비교는 무의미했다.

남은 며칠 동안 나는 덩치 큰 백인 맥과 마리화나를 피우며 보냈다. 그는 갓 성인이 된 뉴질랜드 사람이었는데 군데군데 보라색으로 염색한 머리와 양팔에 네다섯 개씩 찬 팔찌가 로커를 연상시켰다. 록스타의 공연을 보기 위해 뉴욕에 왔다고 했다.

"누구?"

"트래비스 스콧."

"스콧은 래퍼인데?"

80

그는 천천히 고개를 저으며 씩 웃었다.

"듀드, 나는 그가 로커라고 생각해."

맥은 자주 웃었지만 체격만큼이나 차분했고 움직임이 별로 없었다. 한번 자리를 잡으면 자세를 바꾸는 데 시간이 오래 걸렸다.

"헤이, 듀드, 질 좋은 마리화나를 가져다줘서 고마워."

말은 그렇게 했지만 정말 고마운 건지 알 수 없었다. 그는 이미 여러 약물을 접한 상태였고 하얀 피부와 어린아이 같은 표정 밑에 어떤 오래된 장기가 가라앉아 있는 것처럼 보였다. 희로애락을 경험한 세포들의 집합체라기보다 시간을 앞질러 간 주름에 가까운 기관이었다. 맥은 이전의 자신이 누구였는지에 대해 관심이 없어 보였으며 앞으로도 궁금해하지 않을 것 같았다.

"다른 거는 어떤 느낌이야? LSD나 캔디 같은 것들."

"듀드, 마치 여행 같은 거야. 때론 멀리 가기도 하지. 그럴 때는 친구가 필요해."

"여기서 구할 수 있어?"

"뉴욕에는 아는 사람이 없어. 내가 가장 좋아하는 건 머시룸이야. 하지만 듀드와 함께 하는 마리화나가 지금은 제일 좋아."

그는 거부하는 법 없이 주는 대로 다 피웠다. 그러면서도 흐트러짐이 없었고 억양 역시 일정했다. 머리가 어지러울 때까지 피우며 그와 대화를 했지만 어딘지 겉돌았다. 맥이 뱉는 문장에는 알아들을 수 없는 단어가 꼭 한두 개씩 들어가 있었다. 피곤을 느끼면 나는 일어나 숙소로 향했다. 맥은 바지춤을 추어올리며 느린 걸음으로 따라왔다. 침대를 옮긴 바로 다음 날 여자가 떠났기 때문에 숙소엔 우리뿐이었다.

루는 여전히 거리를 둔 채 나를 대했다. 자기 말을 듣지 않은 것에 대한 분노의 표현이라기보다 중요한 사업장을 잃어 실의에 빠진 듯 보였다. 그의 경직된 표정은 마트에서 목재를 재단하던 흑인과 닮아 있었다. 나에 대한 미안함이 있든 없든 중요하지 않았기 때문에 그의 반응이 당연하게 느껴졌다. 나를 사다리로 올려보내기 위해 다급하게 놀리던 그 손의 감각이 아직 허리에 남아 있었다.

*

[경찰서에서 전화가 왔다. 너한테 연락이 안 돼서 집으로 한 것 같아. 대포 통장 얘기를 하더라. 이게 무슨 일이냐.]

브루클린을 떠나기 전날, 아버지에게 연락이 왔다.

마지막 줄에 전화한 형사의 번호가 적혀 있었다. 나는 메시지를 한참 내려다보다가 큐에게 연락했다.

"어떻게 된 거야? 다 정리하기로 했잖아."

"계좌가 신고당한 것 같아. 네 말대로 통장이랑 도장 다 회수했어. 이 건은 그 전에 발생한 거야. 우선 통장 관리한 미련 씨 전화번호를 알려줄게. 그 누나 말 듣고 행동하면 문제없을 거야."

나는 큐가 보낸 연락처로 전화했다. 이미련이라는 여자의 목소리는 삼십대 중후반 정도로 들렸다.

"우선 무슨 일인지 모르겠다고 말해요. 사촌 형을 통해 알게 된 이미련에게 대가 없이 통장을 빌려줬다, 해외에서 사업을 하는데 동업을 하자는 제의를 받았고 유학생과 관광객의 입금 내역을 관리할 계좌가 필요하다고 해서 잠깐 빌려준 거라고. 물어보면 제 연락처 알려주시고요."

"사촌 형 이름을 물어보거나 하면 어쩌죠?"

"그럴 리 없으니까 말한 대로 해요."

나는 어떻게 해야 하는지 다시 물었다.

"상황을 전혀 모른다, 통장을 주는 대가로 뭘 받은 건 없다. 그래도 캐물으면 사무실 청소 같은 잡일을 받아서 용돈벌이를 했다고 말해요. 그렇게까지 하진 않겠지만."

"네."

“너무 위축되지 마세요.”

“딱히.”

“잘 해결될 거니까, 안심해요.”

불쑥 솟은 불안과 화를 감추고 나자 부끄러워졌다. 전화를 끊고 한참 동안 흙바닥을 내려다보았다. 모르는 여자의 오랜만에 듣는 모국어 발음들이 발밑에 나뒹굴었다.

시간을 맞추기 위해 자정까지 기다렸다가 형사에게 전화를 했다. 그는 내 통장에 흘러간 돈이 불법 사기 행각과 관련이 있다며 지금 어디냐고 물었다. 미국이라고 하자 언제쯤 돌아오냐고 물었고 나는 잘 모르겠다고 답했다.

“무슨 일로 나가신 거죠?”

“춤을 배우려고요.”

“얼마나 됐습니까?”

“두 달 정도?”

형사는 가볍게 숨을 뱉었다.

“서에 오시기는 해야 할 것 같은데…….”

“제가 한 게 아니에요.”

“그럼 통장을 양도한 사실은 인정하나요?”

“사촌 형 지인들이 필요하다고 해서 준 건 사실이에요. 하지만 어떤 용도로 쓰였는지 전혀 모릅니다.”

“누구에게 줬나요?”

나는 이미련의 연락처를 알려줬다.

"양도한 대가를 받은 적은 없습니까?"

"네."

"알겠습니다. 늦은 시간일 텐데 주무시고, 내일 다시 연락드리겠습니다."

숙소에 돌아왔을 때 고개를 숙인 맥이 내 침대에 앉아 있었다. 둥그렇게 올라온 등이 숨을 쉴 때마다 위아래로 움직였다. 헤이, 하고 불렀지만 그는 반응하지 않았다. 가까이 가서 얼굴을 들여다보니 마치 깨어 있는 사람처럼 초점 없는 눈을 반 이상 뜨고 있었다. 어깨에 손을 올리자 그는 천천히 몸을 일으켜 원을 그리며 카펫 위를 일정한 속도로 돌기 시작했다. 나는 서서 그 모습을 지켜보다가 침대 위로 올라갔다. 맥이 무심코 다시 앉을까 봐 안쪽으로 더 들어가 누웠다. 달빛에 물든 푸른 공기가 맥과 나를 한 공간에 품었다. 카펫을 스치는 발소리로부터 꽤 오랫동안 벗어날 수 없었다.

*

플러싱으로 가는 7호선은 도시 변두리를 관통했다. 조밀하게 지어진 건물과 야구장, 거대한 광고판이 눈에 들어왔다. 함께 타고 있는 사람들은 대부분 아시안이었고 그중에서도 절반 이상이 중국인이었다. 플러싱역 근처는 중국인 거리나 다름없었다. 6차선 도로를 넘어 마을 안쪽으로 걸어가자 한국인이 운영하는 세탁소와 구멍가게가 보였다. 호스텔은 상점들이 붙어 있는 도로 맞은편 골목 세 번째 건물이었다. 꽤 깔끔한 3층 주택의 현관으로 들어가자 갑자기 개들이 짖어댔다. 핑크색 캡을 쓴 여주인이 방문을 열고 나왔다.

"전화 주신 분인가요?"

"네."

윽박을 질러도 개들은 쉽게 진정되지 않았다.

"낯선 사람이 오면 귀신같이 안다니까. 이쪽으로 오시겠어요?"

우리는 2층으로 올라갔다. 여주인은 거실 오른쪽에 있는 4인실로 나를 안내했다.

"우선 하루만 여기서 지내고 다른 방으로 옮겨요. 혹시 배고파요?"

"아뇨, 아직은."

"밥이랑 김치는 항상 준비해놓고 있어요. 언제든지 먹고 싶을 때 꺼내 먹어요. 식빵이랑 토스트기도 있으니까 알고 계시면 좋고. 밥이 없으면 냉장고에 있는 쌀로 해 먹으면 돼요. 밥할 줄 알죠?"

그녀는 화장실로 안내했다.

"버리고 간 샴푸가 쌓여서 저렇게 많아요. 수건은 매일 내가 빨아놓으니까 꺼내 쓰면 되고, 휴지는 닦고 나서 꼭 변기에 버려주세요, 냄새나니까."

계산을 끝내고 현관 열쇠를 건네받았다. 일 있으면 연락하라는 말을 남긴 채 그녀는 1층으로 내려갔다.

잠들었다가 일어나니 저녁 아홉 시였다. 어두운 방을 둘러보다가 갑자기 숨이 막혀 거실로 나왔다. 주방에서 요리를 하고 있던 남자가 먼저 인사를 했다.

"같이 할래요? 프라이만 하나 더 하면 될 것 같은데."

낮부터 먹은 게 없었기 때문에 식탁에 앉았다. 반찬은 달걀프라이와 김, 김치가 전부였다.

그의 이름은 호영이었고 나와 동갑이었다. 이 년째 캐나다와 미국을 떠돌며 한인 식당에서 일한다고 했다. 왜 한국으로 돌아가지 않냐고 묻자 굳이 그래야 할 필요성을 못 느낀다고 했다.

"여기 일이 마음은 더 편해. 돈도 훨씬 많이 벌 수 있고. 별로다 싶으면 그만둬도 돼. 일할 데는 많으니까."

그는 어깨를 으쓱했다.

"셰프가 요리도 좀 해서 먹지."

쓰레기통을 들고 올라온 여주인이 말했다.

"식당에서 하는 것만으로 충분해요."

내가 설거지를 하겠다고 하자 호영은 마다하지 않았다.

*

담배를 피우고 있을 때 형사에게서 전화가 왔다.

"원격으로 일을 진행하기로 했습니다. 우선 양식을 하나 보내드릴 테니 진술서를 써주세요. 방법은 카톡으로 알려 드리겠습니다."

진술서 얘기를 꺼내자 큐는 걱정하지 말라고 했다.

"알다시피 나는 몇 번 겪은 일이야."

그는 말했다.

"돈을 좀 보냈어. 잊고 있던 잔금이 들어왔거든."

통장에 사백만 원이 입금되어 있었다.

"부정교합 같군."

"뭐?"

"지금 상황을 말하는 거야."

"내 눈에는 잘 맞춰진 큐브가 보이는데?"

큐는 설득당하지 않으면 안 되는 상황으로 나를 밀어 넣었다. 그가 던진 말들이 호스텔 앞마당에 떨어졌고 내가 쳐다볼 때마다 눈을 흘겼다. 통장에 찍힌 숫자들이 그 주위를 뛰어다녔다.

*

다음 날 여주인은 다른 방으로 나를 안내했다. 역시 4인실이었고 큰 책상 두 개와 옷장 하나가 한쪽 벽면을 차지하고 있었다. 침대를 더 들여놓는 대신에 실용성 있는 가구를 배치한 것이 마음에 들었다. 루의 호스텔과 같은 가격이라는 사실이 허탈하게 느껴졌지만 지금이라도 이런 곳에 머물 수 있다는 것에 안도했다.

기분을 환기시키기 위해 동네를 돌아다녔다. 철제 계단이 설치된 건물들 주위는 전반적으로 분위기가 어두웠다. 의자에 앉아 부채질하는 사람들, 바닥이 검게 찌든 건물 뒤편에 모여 담배 피우는 식당 직원들, 즐거움을 느껴본 지 오래된 듯한 얼굴로 개를 끌고 나온 여자와 비쩍 마른 몸으로 지팡이에 의지해 걸어가는 노인이 고동색 풍경의 구성원들이었다. 폭넓은 길을 지나 잔디밭이 넓게 펼쳐진 공터에 도달할 때까지 향신료와 기름이 뒤섞인 냄새가 따라왔다. 공터는 펜스가 쳐진 테니스 코트와 연결되어 있었다.

미국식 주택에 걸린 한인 교회나 한의원 간판이 보였다.

거리를 지키는 간판들이 시간을 뿜으며 공간 속에 걸쳐 있었다.

숙소에서 버스를 타고 두 정거장만 가면 한인들을 위한 마트가 있었다. 수산물과 정육점을 갖췄고 주방용품을 포함해 의류와 이불까지 구비하고 있었다. 여기저기서 들리는 한국어가 이곳에서 일상을 보내는 사람들의 여유와 무심함 때문에 오히려 이질적으로 느껴졌다.

돌아오니 사십이 좀 넘어 보이는 깡마른 남자가 프라이팬에 고기를 굽고 있었다. 사 온 음식들을 냉장고에 넣고 있을 때 그가 말을 걸었다.

"같은 방 쓰시는 분인가?"

나는 고개를 끄덕였다.

"살치살인데 고기 상태가 좋아. 몇 점 들어봐요."

그는 핏기가 남은 살치살을 접시에 담아 식탁 가운데에 두고 김치를 냉장고에서 꺼냈다.

남자는 자신의 이름을 알려주지 않고 형이나 형님으로 불러주길 원했다. 곧 떠나야 하기 때문에 이름 같은 건 금방 잊힐 거라는 것이 이유였다. 그래도 필요하면 팀이라 부르라고 했다.

팀은 사업차 미국을 돌고 있는 중이라고 말했지만 무슨 일을 하는지 밝히지 않았다. 몇 점 먹지도 않고 그는 한쪽

발을 의자에 올려놓은 채 등받이에 기댄 자세로 내가 먹는
모습을 지켜보았다.

"여기 떠나기 전에 나랑 한잔하지."

"좋아요."

"이렇게 만난 것도 인연이니."

남자는 말했다.

"희한하게 인연이란 말에는 통증 같은 게 있어. 결국 양
키들이 먹는 쌀처럼 다 흩어져 날아갈 관계들인데 말야."

*

마지막 레슨을 들은 지 2주가 지났기 때문에 맨해튼으로
향했다. 로비에서 D의 수업을 등록하고 3층으로 올라가자
다이스케가 화장실 입구에서 배운 안무를 복기하고 있었
다. 어떻게 지냈냐고 물었지만 지난 일들을 영어로 풀어내
기란 불가능했다. 곧 아오키가 도착했고 둘은 일본어로 대
화하기 시작했다.

D의 수업은 여전히 어려웠다. 포 카운트 루틴을 외운 후
에 스리나 파이브 카운트를 넘나들며 입으로 세는 트레이
닝이 이어졌다. 네 박자에 익숙한 몸과 귀는 다른 박자로
넘어갈 때마다 밸런스가 깨졌다. 이 연습은 카운트가 바뀔

때 사운드가 어떻게 들리는지 계속해서 확인하는 데 목적이 있었다. 한 마디 동작을 포 카운트에 맞춰 오른쪽 왼쪽 두 번씩 한 후에 파이브 카운트로 똑같이 반복하면 동작이 한 박자씩 밀렸다. 그 과정에서 새로운 루틴이 만들어졌다. 수강생들은 사운드가 바뀌는 과정을 확인하며 D를 따라 원(One)을 찾아들어갔다. 원은 동작의 마무리이자 새로운 시작이었다. 동작에 신경 쓰면 입이 닫혔고 카운트를 발음하면 스텝이 꼬였다.

나는 못하는 축에 들었다. 트레이닝을 마무리한 후에 D는 댄서들을 일렬로 세웠다. 나를 포함한 여섯 명은 연습실 중앙에 섰다.

"다들 〈유드 비 소 나이스 투 컴 홈 투(You'd Be So Nice To Come Home To)〉라는 곡 알아?"

D가 흥얼거리자 몇몇이 따라서 불렀다.

"잘 몰라도 괜찮아. 이 튠으로 즉흥을 하자고."

발로 박자를 맞추며 D가 헤드를 두 번 반복해 허밍 했다. 그는 가볍게 춤을 추었고 마무리를 한 후에 가장 왼쪽에 있는 수강생에게 턴을 넘겼다.

백인 여학생은 수업을 잘 따라가는 댄서 중 하나였다. 그녀는 실수 없이 하는 것에 중점을 뒀기 때문에 다소 뻣뻣했지만 무리 없이 끝낼 수 있었다. 다음은 라틴계 여학생이었는데 기본기가 좋고 자신을 표현하는 것에 과감했다. 즉흥에 충실하면서도 스텝을 다양하게 구성해보려는 시도가 춤을 탄력적으로 보이게 했다.

라틴계 여학생의 마지막 한 마디를 그대로 반복하며 다이스케가 앞으로 나갔다. D는 여전히 허밍 했고 긴장이 풀렸는지 수강생들도 멜로디를 흥얼거렸다. 다이스케는 효율적으로 리듬을 이어가지 못했다. 한 마디 반 정도 텀을 두고 숨을 고른 후에 급하게 리듬을 쪼개며 테크닉을 시작했다. 동작을 끝낸 시점이 예상과 맞지 않아 박자를 찾아들어가는 데 애를 먹었다. 스피커로 음악을 들을 때와 달리 사람들과 호흡을 맞출 경우, 그들을 불신 혹은 과신하게 되는데 어느 쪽이든 결국 밸런스가 무너진다. 그는 큰 실수를 하지 않고 마무리했지만 아쉬운 듯 짧게 신음했다.

아오키는 공격적인 에너지로 마디를 채워나갔다. D가 설정한 곡과 무드가 맞지 않아 따로 노는 느낌이었다. 과한 강세가 뾰족한 송곳처럼 리듬에 구멍을 냈다.

발로 내는 소리는 멜로디의 관점에서 볼 때 무채색에 가깝다. 하양과 검정 사이의 명도가 다른 회색들처럼 다양했지만 음계와 거리가 멀다. 탭슈즈만으로 선율을 표현할 수는 없다. 그러나 멜로디와 함께하면 곡을 관통하는 리듬을 구사할 수 있었다.

내 차례가 와 조심스럽게 첫 마디를 마쳤다. 다음 리듬이 입체적으로 머릿속에 그려졌다. 춤을 춰야만 보이는 각도. 기본적인 동작들을 무기로 천천히 음악 속에 들어갔다. 기승전결은 이미 음악 안에 있기 때문에 리듬을 타오르게 할 수 있는 기폭제를 찾아야 했다. 절정을 지나 몸과 마음을 조금씩 가라앉혔다. 호흡과 스텝 안에 마무리를 위한 실마리가 있었다. 나무 바닥의 저항이 발을 타고 몸에 여운을 남겼다.

스위스에서 유학 온 소녀는 우리 중 스텝이 가장 다듬어지지 않았지만 소리에 대한 집중도가 높았다. 덕분에 나는 방금 춤춘 사실을 잊을 수 있었다.

"너 즉흥을 즐기는구나?"

수업이 끝난 후에 D가 다가와 말했다.

"응, 난 즉흥이 좋아."

그는 지나가며 손바닥으로 내 어깨를 툭툭 쳤다.

"같이 잼 할래? 스튜디오가 빌 것 같아."

다이스케가 다가와 말했다.

"그러자."

우리는 사람들이 다 나가기도 전에 시작했다. 다이스케와 아오키는 수업에서 보여주지 못한 것들을 쏟아냈다. 우리를 둘러싼 공기의 바깥쪽에서 신선한 리듬이 일렁였다.

그것은 수족관 속 물고기와 같아 마음으로 훔칠 뿐 움켜쥘
수 없었다.

*

꽤 싸늘한 바람이 불었기 때문에 옷이 필요했다. 트렁크
에 넣어온 긴 옷은 얇은 후드와 청바지, 추리닝밖에 없어
조던 매장에 가 티셔츠를 샀다. 가장 싼 옷이 팔십 달러였
다. 문자메시지로 날아온 카드 누적 금액은 삼백만 원이 넘
었다. 큐가 보내준 돈으로 해결한다고 해도 빚을 져야 할
것이다. 일을 더 이상 미룰 수 없다는 생각이 들었다.

웨스트 59번가에 있는 콜럼버스 서클을 지나 센트럴파
크로 들어갔다. 벤치에 앉아 한인 사이트에 있는 구인구직
광고를 뒤적였다. 파트타임으로 일할 수 있는 곳이 몇 군
데 있었다. 그중 방 청소를 해주면 시간당 이십 달러를 주
겠다는 호스텔이 눈에 들어왔다. 오전 열 시부터 두 시까지
일했기 때문에 수업을 듣는 데 무리가 없었다. 연락을 하자
면접 후에 바로 일할 수 있는지 물었다. 나는 가능하다고
답했다. 다음 날 오전 열 시까지 오라는 메시지가 돌아왔다.

호스텔은 맨해튼 47번가에 있었다. 건물에 번지수가 적
혀 있지 않아 매니저에게 전화했다. 곧 부사관처럼 단정하

게 머리를 자른 남자가 문을 열고 나왔다.

"일이 많지는 않아요. 집 청소와 세탁소에 빨랫감 맡기는 일을 주로 하게 될 거고 가끔 손님 안내를 해주시면 돼요. 한 번 안내할 때마다 이십 달러씩 더 드릴거구요."

건물에 엘리베이터가 없어 우리는 아파트 3층까지 걸어 올라갔다. 방은 총 세 개였고 한 칸은 문이 닫혀 있었다. 매니저는 열려 있는 방 중 하나로 들어갔다.

"우선 침구류 정리부터 알려드릴게요."

어질러진 이불과 베개를 들어 의자에 올려놓고 그는 침대 시트를 벗겼다. 그리고 따라오라며 거실로 나갔다.

"새 시트는 여기 천으로 가려져 있는 창고에 있어요. 크기가 제각각이지만 분명 짝이 있으니 매트리스에 맞는 걸 찾아서 쓰면 돼요. 벗겨낸 시트나 베갯잇은 이 주머니에 넣어놓으세요. 주머니가 꽉 차면 위에 있는 찬장에서 꺼내 쓰시구요."

방으로 돌아온 그는 시트를 펼쳐서 크기를 살펴본 후 순식간에 매트리스에 씌웠다. 그리고 다시 벗겨내 내게 해보라고 건넸다. 퀸 사이즈 매트리스는 생각보다 무거워 모서리를 드는 데 힘이 들었다. 반대편까지 끼우고 머리 쪽 모서리로 가려는데 가로세로가 바뀌어 길이가 짧았다.

"팽팽하지 않고 이렇게 헐렁하면 보통 시트가 크거나 잘

못 끼운 거예요. 모서리 재봉선을 찾아서 매트리스에 맞춰보면 실수를 줄일 수 있어요."

매니저는 청소 방법에 대해 한 시간 반 동안 막힘없이 설명했다. 크리넥스로 바닥 닦기, 가구나 창틀에 앉은 먼지 정리하기, 주방과 화장실 청소, 욕조의 물때 닦기 등. 지하에 내려가 분리수거하는 것을 마지막으로 그는 다 끝내지 못한 일들을 내게 맡겼다.

"여기 가스레인지 위에 있는 찬장을 열어보면 납작한 공구함이 있어요. 이 안에 방 열쇠를 넣어놓으세요. 닫혀 있는 방은 시트 갈고 바닥만 청소하는데 오늘은 손님이 원하지 않으시니 건너뛰면 돼요. 음, 처음엔 네 시간 이상 걸리기도 하지만 익숙해지면 점점 단축될 거예요. 얼마나 일할 수 있다고 했죠?"

"11월 초까지요. 3일이나 4일에 그만두면 될 것 같아요."

"알겠습니다. 그때까지 수고해주시고, 청소 끝나면 문자하시겠어요? 부족한 부분 체크하고 세탁물 맡기는 법 알려드릴게요."

매니저가 나가고 나는 청소를 시작했다. 우선 바닥을 닦고 걸레를 빨아 곳곳에 앉은 먼지를 제거한 후에 다른 방을 똑같이 마무리 지었다. 이어서 주방과 욕실을 정리하고 수세미로 욕조에 있는 때를 벗기고 났더니 네 시간이 지나 있었다. 연락을 하자 매니저가 이마에 땀을 흘리며 도착했다.

"베개는 평평하게 다듬고 커튼으로 창문을 가려주세요."

점검을 마친 후에 그는 수건과 시트가 들어 있는 주머니 두 개의 주둥이를 줄로 몇 번 감아 묶었다. 그중 가벼운 쪽을 내게 건네고 먼저 나가게 한 후에 문을 잠갔다.

우리는 47번가를 따라 걷다가 오른쪽으로 돌아 9번 대로를 타고 올라갔다. 한 블록을 지나 조금 더 걷자 세탁소가 보였다. 일렬로 붙어 있는 코인 세탁기 앞에 사람들이 서서 기다리고 있었다. 그들을 지나쳐 카운터로 가자 살이 찌고 인상이 굳어 있는 라틴계 여자가 짐을 받았다.

"며칠 전 것까지 해서 팔십오 달러야."

그녀는 안으로 들어가 주머니 두 개를 들고 나왔다. 시트와 베갯잇을 차곡차곡 눌러 담아 거의 주사위 모양이었다.

"세탁비는 먼저 지불하고 저한테 영수증 찍어서 보내주시면 시급이랑 같이 계산해서 드릴게요. 아시겠죠?"

우리는 주머니를 하나씩 들고 아파트로 돌아왔다. 매니저는 내게 호스텔 열쇠를 보여주었다.

"현관문 열쇠가 여러 개 없어서 여기 큰 화분 밑에 두고 있어요. 너무 안쪽으로 들어가면 꺼내기 어려우니 고리만 나오도록 뒤편에 넣어두세요. 첫날인데 수고하셨어요. 내일 또 나오시면 됩니다."

나는 이십 달러 지폐 네 장을 건네받았다. 땀을 닦으며 그는 짐을 들고 아파트 안으로 들어갔다.

*

일을 하자 매일 현금이 생겼고 계산할 때 카드보다 지폐를 내는 일이 더 많아졌다. 거스름돈이 무거워지면 거지들에게 나눠줬다. 돈을 안 주면 트럼프를 찍겠다는 팻말이 눈에 띄었다. 거지와 마약중독자 들이 서로 섞여 잘 구분되지 않았다. 차라리 뉴욕의 거지가 되겠다는, 한국에서 들었던 농담은 맨해튼의 햇살과 강바람, 가끔 지나가는 롤스로이스, 메트로폴리탄과 모마, 거리의 뮤지션, 트럼프 타워로 설명될 수 있었다. 홈 리스들은 추위를 피해 지하철과 공공건물로 파고들었다. 담요나 박스뿐 아니라 관광객들이 그들의 이불이었다. 시선들 안에 환상, 기대 섞인 어떤 관대함이 들어 있었다.

쉬는 날이 없어 나는 매일 아침 여덟 시 사십 분에 숙소를 나왔다. 출근하는 사람들이 많아 역은 항상 북적였다. 무선 헤드폰을 쓰고 음악을 들으며 아마도 직접 가보지 않을 창밖의 풍경을 바라보았다. 햇살이 눈을 깊게 찌르는 날에는 전동차가 요람으로 느껴졌다. 대마초에 의해 깨어난 세포들이 오히려 정신을 마취시켜 졸음이 몰려왔다. 자리에 앉으면 잠이 들기 일쑤였고 몽롱한 상태로 깨어나 42번 가에서 환승했다.

청소 시간은 점점 줄었지만 몇 번씩 확인해도 부족한 부분이 드러났다. 손님들의 지적을 그대로 전달했기 때문에 매니저의 말은 대부분 타당했다. 구석에 모여 있는 머리카락이나 물기 제거가 덜 된 욕조의 비닐 커튼, 가스레인지의 기름때 등이 주된 지적 사항이었다. 실수가 이틀 이상 반복되면 짜증 섞인 문자를 보냈다. 그는 한 블록 밑에 있는 방 두 칸짜리 아파트를 포함해 총 세 채를 관리하고 있었기 때문에 정신이 없었다. 숙박비가 비싼 맨해튼 중심부는 일주일 이상 머무는 사람들이 드물어 순환이 빨랐다. 나는 47번가와 46번가에 있는 아파트 두 채를 오가며 청소를 하고 관광객을 안내했다. 세탁물이 많은 날은 꽉 찬 주머니들을 거의 끌다시피 들고 계단을 오르내렸다.

"다 끝났나요?"

깜빡 잠이 들었을 때 매니저의 목소리가 들렸다.

"침대보 다시 갈아야겠네요."

자면서 흘린 침이 시트에 묻어 있었다. 매니저에게서 쾨쾨한 땀 냄새가 났다.

"손님 한 분이 3인실에 뒀던 시계를 잃어버렸대요. 혹시 어제 청소하면서 못 봤어요?"

"비싼 건가요?"

"에르메스라고 하던데……. 분명히 두고 갔다고 해서 한참 실랑이했어요."

"구경도 못 했네요."

매니저는 고개를 갸우뚱했다.

"금품 유실은 책임지지 않기 때문에 저희로선 상관없는 일이지만, 아무튼 혹시라도 발견하면 말해주세요."

"에르메스 찰 정도면 호텔로 가지 왜 호스텔에 머물렀대요? 그리고 시계를 두고 갔으면 청소를 거부했을 텐데……."

"좀 늦게 알았나 봐요."

"평소에는 안 차고 가방에 넣고 다녔나 보죠?"

"글쎄요."

매니저는 주머니에서 달러 뭉치를 꺼냈다.

"여기 세탁비 포함해서 백육십오 달러요. 내일은 두 팀을 안내해야 하는데 시간 괜찮으시죠?"

그렇다고 하자 그는 찬장에서 드라이버를 꺼내 들고 나갔다.

＊

단풍이 들기 시작한 센트럴파크는 여전히 사람이 많았다. 나는 한 계절이 완전히 물러났음을 냄새로 느꼈다. 사물들이 움츠러든 자리로 밀고 들어온 공기가 사람들이 묵혀뒀다 꺼내놓은 물건, 감정의 냄새와 뒤섞였다.

모마에 전시된 앤디 워홀과 바스키아, 고흐, 고갱의 작품 역시 겨울을 입었다. 유명세에 짓눌린 바스키아, 자신을 파괴한 고흐, 원시 속에서 병든 고갱의 재능이 크고 깔끔한 미술관 안에 걸려 있었다. 찬바람이 불자 죽음을 떠올리지 않고 작품을 볼 수 없었다.

가끔 답장이 늦었지만 래리는 약속을 어기지 않았다. 정직한 사람이라는 것을 알면서도 나는 늘 의심했다.

"넌, 너, 넌 행, 행, 앵, 운아야, 날, 날, 날 만, 만, 났으, 으, 니까."

들뜬 목소리로 그는 말을 더듬었다.

쌀쌀하고 건조한 날씨 때문인지 목에 염증이 생겼다. 며칠간 컨디션이 좋지 않아 일찍 잠들었다. 목은 쉽게 가라앉지 않았고 퇴근하는 길에 맞은 비 때문에 상태가 악화되었다. 따뜻한 물로 샤워를 했지만 한기가 이미 몸을 들쑤신 후였다. 매니저에게 상황을 설명하자 별말 없이 쉬라고 했다.

이불을 뒤집어쓰고 누워 있을 때 누군가 어깨를 두드렸
다. 팀이 포장을 뜯지 않은 알약 두 개를 들고 나를 내려다
보았다.

"미국 약은 처방받은 것처럼 강해."

나는 일어나 자수정 같은 알약을 물에 삼켰다.

"책상에 두고 갈 테니까 끼니마다 먹으라고."

그는 이전 세기에나 유행했을 검정 노트북 가방을 들고
방을 나갔다.

몸살 기운이 점점 심해져 불안한 기분이 들었다. 눈을 감
으면 끈적한 검은 물살이 밀려왔다 빠져나가는 이미지가
떠올랐다. 몸을 펼 때마다 굳은 허리가 아팠다.

"많이 안 좋은 거야?"

시트와 이불을 교체하러 온 여주인이 물었다. 그녀는 손
을 뻗어 내 이마에 갖다 댔다. 차가운 감각이 등줄기까지
파고들었다.

"열이 꽤 있는데? 약 먹었어?"

나는 책상 위를 가리켰다. 여주인은 고개를 젓더니 방을
나갔다가 다시 돌아왔다.

"한 종류로는 안 돼."

그녀는 낱개 여러 개가 붙어 있는 가루약 봉투 중 하나를
뜯어서 컵에 탔다.

“아침저녁으로 먹어. 시트는 몸이 좀 좋아지면 갈도록 하
자구.”
“네.”
대답은 했지만 몸이 떨려 컵과 쓰레기를 들고 나가는 그
녀의 모습을 볼 수 없었다.

*

4일 차부터 상태가 조금씩 나아졌다. 편도선이 붓지 않
아 다행히 가래나 기침은 없었다. 대마초를 피워 몸살에 의
한 고통을 줄이고 예민해진 신경을 가라앉혔다. 땀 냄새 나
는 시트를 갈아달라고 부탁한 후에 긴 샤워를 했다. 머리를
말리고 침대에 걸터앉자 무언가가 몸을 휘젓고 밖으로 빠
져나간 흔적이 느껴졌다.
날씨는 더 추워졌다. 그렇지 않아도 건조한 기후에 온도
까지 뚝 떨어져 풍경이 창백해 보였다.
형사는 카톡으로 진술서 양식 파일과 작성 방법을 보냈
다. 통장을 양도한 과정을 육하원칙으로 서술하고 지장을
찍어 팩스로 보내라는 내용이었다.
나는 이미련에게 전화했다.
“우선 내가 가이드를 쓸 테니까 거기에 살을 붙여보세요.

다 쓰면 사진 찍어서 보내구요."

그녀가 쓴 초안에는 사촌의 이름과 우리가 처음 만난 장소의 대략적인 위치가 적혀 있었다. 진위 여부를 물으면 곤란하지 않겠냐고 메시지를 보내자 그럴 리 없다고 잘라 답했다. 맨해튼 32번가에 있는 한인 서점에서 인주를 사고 양식 파일을 프린트했다.

휴대폰으로 진술서를 쓴 후에 볼펜으로 옮겨 적었다. 혐의를 부정하는 문장으로 마무리 지으며 외국이 아니었으면 앞에서 지켜보고 있었을 형사들의 모습을 그렸다.

일주일 만에 돌아온 팀은 사업차 워싱턴에 다녀왔다고 했다. 도착한 날 밤부터 감기에 걸려 일정 내내 고생했지만 지금은 좋아졌다고 말했다. 자기는 아플수록 더 일에 몰두하는 타입이며 보통 그 와중에 병도 못 견디고 나가지만, 이번 바이러스는 아주 독했다고 했다. 그는 내 등을 툭툭 쳤다.

"주말에 여기를 완전히 떠나. 금요일에 한잔하자구."

담배를 피우고 있을 때 호영이 나타났다. 퇴근 후에 데이트를 마치고 오는 길이라고 했다. 그는 사귀던 여자와 끝을 내고 다른 사람과 만나는 중이었다.

"넌 언제 여길 뜬다고 했지?"

"11월 초에."

나는 대답했다.

"얼마나 있다가 한국으로 갈 거야?"

"그건 알 수 없어. 캐나다 입국이 허용되면 생각해볼 거야."

"돌아갈 생각은 있는 거야?"

"글쎄, 넌 어떤데?"

그는 피식 웃었다.

"입국하면 아마 날 잡으려고 기다리는 사람들이 여럿 있을걸?"

"뭐 때문에?"

"빚을 안 갚은 채 해외로 날았으니까. 사업으로 잘 나갈 때는 체어맨을 타고 다녔는데 말야."

"일이 있었구나?"

"한순간이었어. 차를 판 돈으로 밴쿠버로 날아갔지. 그러다가 뉴욕으로 넘어온 거고. 나도 아마 다음 달에 여기를 떠날 거야."

그는 처음부터 플러싱에서 살았다. 이 호스텔에는 6개월째 머물고 있었다.

"주인아줌마가 암에 걸린 건 알고 있어?"

"아니, 처음 듣는 얘기야."

"무슨 암인지 몰라도 치료 중이라 머리 가운데가 없어. 그래서 항상 모자를 쓰고 다니지. 지금은 혈색이 괜찮지만 반년 전만 해도 다른 사람 같았어. 호스텔이 없어지면 어쩌나 걱정했는데 집주인이 돈 많은 중국인이라 그럴 일은 없었지. 아줌마는 고용된 사람이야. 병원비가 비싼 이곳에서 무슨 치료를 받는지 모르지만, 아무튼 예전보다 건강해진 건 확실해."

청소하는 일이 아니면 여주인은 1층 방에서 나오지 않고 개들과 지냈다. 암에 걸렸다는 사실을 안 것이 측은지심으로 이어지진 않았다. 호영이 말해준 것 외에 내가 그녀에 대해 아는 것은 없었다. 어쩌면 그조차 사실이 아닌지도 모른다.

*

여러 손님과 말을 텄지만 관계가 진전된 적은 없었다. 결혼한 지 얼마 안 된 젊은 부부, 말없이 주위를 경계하는 남자들, 즐기고 가겠다는 태도의 여자들, 어딘지 꿈속에 있는 표정으로 밝게 웃으며 거리를 두는 이십대, 국가 지원을 받아 작업실을 얻어 그림을 그리는 중년 여인 등이 호스텔에 머물렀다. 화가는 먼저 말을 걸어온 유일한 사람이었다. 또 음식을 만들기 위해 부엌을 이용하는 드문 손님이기도 했다. 된장찌개나 닭볶음탕을 하는 날이면 빛이 잘 들지 않아 습한 거실에 음식 냄새가 가득했다. 같이 식사하자는 권유를 나는 매번 거절했다.

일을 마치면 콜럼버스 서클역으로 향했다. 벤치에 앉아 값이 싼 할랄 푸드를 먹었다. 흘린 쌀이 바닥에 흩어졌고 주위에 개미들이 꼬였다.

헐벗기 시작한 나무들과 푸석해진 잔디를 밟으며 리듬과 동작을 떠올렸다. 발이 가는 궤적은 선이 되고 지면에 닿으면 점이 된다. 춤은 일종의 기하학이기도 했다.

어쩌면 늘 발전에 대해 생각하고 있는지도 모른다. 도형을 쌓아 건축을 하듯 성장을 거듭해 실력을 갖추는 방향으로 나 자신을 밀어 넣고 있는 것이다. 그 끝을 이곳 춤의 메카에서 활동하는 것으로 정했는지도. 나는 딱히 준비된 것이 없었다. 앞으로도 그럴 것 같았다. 누가 묻는다면 세계 각지에서 열리는 페스티벌에 참가한다든가, 유럽을 여행하다가 다시 미국으로 돌아갈 거라는 등의 계획을 말하겠지만, 그것들을 정말 원하는지는 알 수 없었다. 결의는 거울과 같아서 금이 가거나 부서질 경우에 비친 내 모습을 흉하게 만든다.

해가 졌고 시간은 멀어졌다 제자리로 돌아왔다. 나 역시 내가 생각하는 제자리를 찾아 돌아다녔다. 보통 찾았다고 생각한 지점에 엉거주춤 서 있는 경우가 많았다. 보이지 않는 물살이 밀려왔고, 나는 이리저리 흔들렸다.

*

아무 정보 없이 찾은 브롱크스는 조용한 마을이었다. 1번 라인의 마지막 정거장인 242스트리트역에서 내려 가로수를 따라 반코트랜드공원으로 들어가자 언뜻 센트럴파크의 공터보다 더 넓어 보이는 잔디밭이 나타났다. 유니폼을 입은 열 살 남짓한 아이들이 야구 경기를 하고 있었다. 학부모로 보이는 사람들이 홈베이스 뒤쪽에 서서 응원했다. 공원은 외야수가 서 있는 위치부터 봐도 거의 두 배가 남았다. 단풍이 진 나무들이 비슷한 높이로 일정하면서도 삐뚤삐뚤한 선을 하늘에 그었다.

나는 공터를 피해 숲길을 따라 안으로 들어갔다. 오두막 식당을 지나 2차선 도로를 걷자 호수가 보였다. 나무줄기를 세로로 갈라 만든 의자에 앉아 물결을 일으키며 지나가는 청둥오리들을 바라보았다. 나이아가라의 작은 선착장과 내리쬐는 햇살, 요트가 떠올랐다. 그사이에 일어났던 일들이 다양한 모양의 서류철처럼 끼어들었다. 어떤 가능성을 감지하기에 그 일들은 다소 무심했고 넓은 호수에 던진 돌멩이처럼 날아간 궤적보다 정적이 더 길었다.

정갈하게 지어진 주택단지를 지나 가파른 오르막과 내리막을 거쳐 어디로 이어졌는지도 모르는 계단을 올랐다. 끝에 도달하자 철망을 끼고 크게 도는 도로가 나타났다. 철망 안쪽으로 저수지가 있었고 반대편에서 사람으로 보이는 물체들이 가로수 사이로 조금씩 움직였다. 나는 도로를 따라 걸었다. 낡고 어두워 언뜻 폐가처럼 보이는 이층집 마당에서 장화 신은 노인이 장작을 패고 있었다. 깡마른 금발 소년이 문을 열고 나와 난간을 잡고 점프해 마당에 착지했다.

딱히 브롱크스가 궁금한 것은 아니었다. 우연히 길거리에서 하는 공연을 보고 싶은 것도, 힙합과 관련해 이곳이 지닌 의미를 느끼고 싶었던 것도 아니었다. 1번 라인의 끝을 여행하고 싶은 것도, 대마초에 취해서 새로운 장소를 찾아다니고 싶은 것도, 누군가에게 이런 곳도 가봤다며 자랑하기 위함도 아니었지만 동시에 그 모든 것이었다. 또 그 모든 것이어야만 했다. 어떤 숨 막힘이나 불편함을 안은 채 그 지역을 계속 걸었다. 그렇게 날이 저물어 모리스파크역에 도착하자, 242번가 역은 한참 전에 지나온 곳이 되어 있었다.

팀이 떠나기 전날, 우리는 부엌에서 소고기에 소주를 마셨다. 나는 내키는 대로 말했지만 그 안에 악의를 담지 않으려 노력했다. 어느 정도 취하자 노래방에 가 어깨동무를 하고 서로 부둥켜안은 채 목이 쉴 정도로 노래를 불렀다. 되지도 않는 가성을 쓰고 고음을 내지르며 횡설수설하다가 문득 정신 차리기를 반복했다. 숙소로 돌아오는 길에 그는 내게 거만하다고 했다.

"곧 바뀔 거야."

"기분 나빴다면 미안해요."

나는 간신히 말했다.

"기분 나빴다라……."

태도를 지적한 것인지 기질을 겨냥한 말인지 알 수 없었다. 나눴던 대화들이 잘 떠오르지 않는 것을 보면 둘 다일 거라는 생각이 들었다.

팀이 짐을 싸고 있을 때 잠에서 깼다. 그는 숙취가 심해 얼굴만 살짝 들고 있는 내게 다가와 어깨에 손을 얹었다.

"진짜 간다. 남은 여행 잘하시길."

그가 떠난 후 나는 화장실을 들락거리며 속을 게워냈다.

*

같은 방에 더 머물고 싶었지만 이미 예약한 손님이 있어 다시 숙소를 옮겨야 했다.

여주인은 오 분 거리에 있는 6층짜리 아파트로 나를 안내했다. 호스텔은 3층에 있었는데 빛이 들지 않아 거실이 어두웠고 베란다 쪽으로 병풍을 설치해 방을 하나 더 만들어놓은 구조였다. 다른 방은 사람이 머물고 있어 선택의 여지가 없었다.

"괜찮을 거야. 베란다에서 담배 피우기도 좋고. 방에 머무는 분에게는 말해놨으니까 마주치면 인사해."

여주인은 핑크색 모자를 벗어서 정수리를 긁었다. 호영이 말한 대로 머리카락이 별로 없었다.

학이 여러 마리 수놓아진 병풍은 꽤 두껍고 무거웠다. 누군가가 오랫동안 살았는지 가구와 소품이 다양했다. 몬드리안풍의 그림과 한지로 길쭉하게 모양을 낸 원통형 스탠드, 영문 서적이 꽂혀 있는 책장과 그 위에 놓인 지구본이 눈에 들어왔다. 침대 매트리스가 깊어 몸이 파묻혔다. 이불은 부피에 비해 가벼웠고 촉감이 부드러웠다.

"발 마사지 받으러 안 갈래? 내가 쏠게."

분주하게 청소를 마친 여주인이 말했다. 건물을 나오자

호영이 기다리고 있었다.

마사지 숍은 분홍과 노랑이 섞인 틴트지로 유리를 가린 모습이었다. 입구 오른쪽에 붙어 있는 카운터에서 중년의 중국 여자가 인사했다. 실크 재질 꽃무늬 옷을 입은 그녀를 따라 어두운 복도를 걸었다. 머리를 짧게 자른 남자가 맞은편에서 걸어오며 인사했고 그의 안내를 받아 문이 없는 방으로 들어갔다.

붉은색 벽지를 바른 방은 꽤 넓었다. 각도 조절이 가능한 가죽 의자에 앉아 정면을 보니, 금색 용 한 마리가 어둠에 반쯤 가려진 채 벽을 차지하고 있었다. 여주인을 중심으로 우리는 나란히 앉아 양말을 벗었다. 안내했던 두 명을 포함한 안마사들이 곧 따뜻한 물이 든 대야를 들고 나타났다. 카운터를 보던 여자가 어깨에 반듯하게 걸친 수건을 내려놓으며 내게 눈을 가릴 거냐고 물었다. 괜찮다고 하자 의자 각도를 확인한 후에 마사지를 시작했다.

느리게 흐르는 음악 위로 찰랑거리는 물소리가 겹쳤다. 발을 어루만지는 손놀림이 부드러웠지만 지그시 누를 때마다 묵직한 통증이 느껴졌다. 수건으로 발을 감싸놓고 중국인들은 방을 나갔다.

여주인이 중얼거리며 잠꼬대했다. 그 사이로 호영의 코 고는 소리가 들려왔다.

*

숙소에 돌아오니 체격이 좋고 머리를 짧게 자른 오륙십
대 남자가 거실에 있었다. 마른오징어와 아몬드, 봉지에 담
긴 소주병이 탁자 위에 놓여 있었다. 인사를 하자 그는 옆
에 앉으라며 손짓했다.

"술 마실 줄 알지?"

나이 든 성대에서 여기저기 긁힌 단어들이 굴러 나왔다.
그는 일회용 소주 컵을 나란히 세워놓고 술을 따랐다.

"혼자 온 거야?"

"네."

"한국은 어때?"

"뒤숭숭하죠, 뭐."

"한 잔 따라봐."

나는 병을 들고 잔을 채웠다.

"가족은?"

"혼자 왔다니까요."

"꼭 너만 한 아들이 하나 있어. 연락한 지 꽤 됐지. 몽골로
간다고 했는데……. 말 탈 줄 알아? 얼마 전에 말에서 떨어
졌대. 다행히 죽지는 않았지만 허리를 다쳤다나."

남자는 느릿한 동작으로 오징어를 집어서 포장을 뜯었다.

"날이 쌀쌀해지면 소주가 생각나는데 아버지도 그러냐고 물었지. 그놈이 대학생 때였나……. 아무튼, 미국의 겨울은 다른 계절이야. 여기서는 나 대신에 바람이 술을 먹어. 그래서 아픈 줄도 모르지……. 같이 소주 먹던 후배 놈은 노스캐롤라이나로 갔어. 어머니가 아프다면서. 발음도 잘 안 굴러가는 곳에 어머니가 있다니."

그는 이미 취해 있었고 작은 눈은 창틀을 향했다.

"해야 할 일을 하는 것이 중요해. 사람들이 하나둘씩 네게서 도망가기 시작하면 가만히 있는 게 좋아. 이미 늦었으니까. 따라가지 말라는 게 아니라, 가만히 있으라는 거야……. 여기에는 왜 왔어?"

"저한테 묻는 거예요?"

"응."

"여행 왔죠."

"여행이라……. 그러다가 눌러살기도 해. 집이 없어야 집이 생겨. 돈이 없으면 허공에라도 짓지. 미안한데 담배 좀 사다 줄 수 있어?"

"어디서 파는지 몰라요."

"담배 안 피워?"

"네."

"길 건너면 슈퍼마켓 있어. 두 갑만 사다 줘."

나는 심부름을 한 후에 방으로 들어갔다. 담배 냄새가 병풍을 뚫고 안으로 들어왔다.

소변이 마려워 깼더니 밤이었다. 탁자는 깨끗하게 치워져 있었다. 어둠에 축 처진 거실에서 몇 초도 머무르고 싶지 않아 병풍과 벽 사이를 비집고 방으로 돌아왔다. 어쩌면 더 어두운 곳으로 옮겨 왔을지도 모른다는 생각이 나를 베란다로 이끌었다. 짙은 푸른색으로 물든 거리를 한두 사람이 지나가고 있었다. 실내에서 거리를 내려다본 것은 오랜만이었다. 왠지 이것으로 충분하다는 생각이 들었다.

짧은 머리 남자가 새벽에 병풍을 걷어차며 잠을 깨울 수도 있다는 생각이 들었다. 그와 어떤 몸싸움을 벌인다면 사활을 걸어야겠지만, 그런 일은 일어나지 않았다.

*

돈이 조금씩 모여 토론토로 넘어갈 수 있는 비용이 마련되었다. 국경을 다시 넘는 부담과 불법체류에 대한 불안을 저울질해보았지만 어느 것이 더 큰지 알 수 없었다. 체류 기한을 넘기면 오히려 불안은 사라지고 되돌릴 수 없는 상황을 받아들이는 데 집중할 것이다. 어려운 일은 아니었다. 변화 없이 시간을 보내는 것은 내가 잘하는 일이기도 했다.

지하상가에서 간절기 패딩을 하나 사 입고 익숙해진 곳과 새로운 장소를 박음질하듯 번갈아 돌아다녔다. 휘트니 미술관에서 33번가까지 이어진 하이라인은 평지보다 위에 있었기 때문에 탁 트인 시야로 허드슨강이 들어왔다. 컨테이너 박스와 기중기 위로 쏟아져 반사되는 햇빛, 그 빛에 이끌린 물체들은 숨을 멎은 채 눈을 내리깔았다.

교정이 깔끔한 컬럼비아대학을 지나 돌계단을 타고 모닝사이드공원으로 내려오면 반쯤 마른 연못에 백로가 드나들었다. 색이 바랜 잡풀을 넘어 찬 공기를 타고 습한 냄새가 풍겨왔다. 나는 벤치에 앉아 아버지와 아들이 캐치볼 하는 모습을 바라보았다. 웃음기 없는 얼굴로 그들은 거의 한 시간 동안 공을 주고받았다.

새들의 울음소리가 센트럴파크의 저수지에 퍼졌다. 성처럼 단단해 보이는 다코타 호텔 근처에 존 레넌을 기리는 헌화 장소가 있었다. 그를 쏴 죽인 마크 채프먼과 『호밀밭의 파수꾼』이 떠올랐다. 나는 그 책을 읽으며 적어도 열 페이지마다 존 레넌의 죽음을 생각했다.

호텔 주위에서 담배를 피우고 있을 때, 허리가 긴 검정 체어맨이 공원 옆 도로에 섰다. 문이 열리며 흰색 모피를 입은 흑인이 내렸다. 대머리에 선글라스를 쓴 그는 보석이 박힌 두꺼운 체인을 목에 여러 개 두르고 있었다. 웅성거림

틈으로 짧은 비명이 몇 번 들리더니 사람들이 몰려들었다. 남자는 얼굴만큼이나 무표정하게 움직이며 구름을 두르듯 겹겹이 쌓인 인파 속으로 사라졌다. 나는 자신의 삶과 교미하고 있는 그의 모습을 그렸다.

웨스트허드슨강을 따라 이어진 공원을 걸었다. 조깅하는 남자, 연인들, 월드 트레이드 센터와 911 테러 현장, 월 스트리트에서 대마초를 말고 있는 흑인 학생들을 지나쳐 뿔을 들이댄 황소의 동상을 보고 생선 비린내 나는 강가에 서서 낚시하는 사람들을 지켜보았다. 거버너스섬 위로 라이트가 솟아올라 하늘에 닿았다. 묵직하게 울리는 비트와 함성 소리. 어쩌면 그곳에서 맥이 트래비스 스콧의 공연을 보고 있을지도 몰랐다.

가죽이 밀려 스펀지가 비집고 나오기 시작한 헤드폰에서 끊임없이 음악이 흘러나왔다. 마일스 데이비스, 빌 에번스, 존 콜트레인, 오스카 피터슨, 텔로니어스 멍크, 쳇 베이커, 칙 코리아, 로이 하그로브, 로버트 글래스퍼, 팻 메시니, 제임스 브라운, 마이클 잭슨, 프린스, 테빈 캠벨, 조, 맥스웰, 뮤지크 소울차일드, 마리오, 머라이어 캐리, 저스틴 팀버레이크, 저스틴 비버, 리아나, 노토리어스 비아이지, 투팍, 맙 딥, 제이지, 에이콘, 켄드릭 라마, 칸예 웨스트, 드레이크, 에이셉 로키, 에미넴, 나스, 이센스, 도끼로 인해 나는 세상과 단절되었다가 연결되었다.

사람들이 안 보는 곳으로 가 춤을 췄다. 마치 물살처럼 리듬과 리듬이 서로 부딪혀 밀려나 내게 닿았다. 대마초는 소리로 이야기하는 방법을 알려주었다. 느리게 걷든, 보폭을 넓히든, 중요한 것은 음의 독립성이었다. 빛나는 음들은 스스로 모습을 드러냈고 역설적으로 그 중심에 내가 있었다.

9번 대로를 걷던 중 48번가에서 탭댄서를 발견했다. 패터슨이라고 자신을 소개한 남자는 같이 춤을 추자고 했다. 나는 가방을 내려놓고 신발을 갈아 신었다.

그의 수준은 나보다 몇 단계 높았다. 기본기가 뛰어났고 리듬 사이에 공간을 둬 자연스럽게 긴장감을 유도했다.

지나가던 백인 여자가 삼십 분 가까이 우리를 지켜보더니 몸을 흔들었다. 기름기가 흐르는 노랑머리에 까맣게 다 상해버린 이빨을 드러내며 바보처럼 웃었다. 약물중독자나 홈 리스로 봐도 이상하지 않은 외모였다. 곡이 끝날 때마다 나를 끌어안았는데 몸에서 베이비파우더 향이 났다. 십오 미터 정도 떨어진 곳에서 동냥을 하던 거지도 어울렸다.

지나가던 사람들이 모자에 돈을 넣어 오십 달러 가까이 모였다. 패터슨은 그중 이십 달러를 내게, 거지와 여자에게 각각 십 달러씩 주고 남은 돈을 가졌다. 거지는 손을 모은 채 머리를 숙이며 감사 표시를 했다. 여자는 머리 위로 돈을 흔들며 기뻐했다.

"난 이 근처에 살아. 또 놀자."

패터슨이 말했다.

"곧 떠나야 해. 다시 볼 수 있을지 모르겠어."

그는 나를 보았다.

"좋아, 즐거웠어."

무표정하게 말하고 손을 내밀었다. 그리고 악수가 끝나자 가방과 나무판을 챙겨서 47번가 쪽으로 사라졌다.

핑계 댄 것은 아니었지만 친구가 될 수 있는 기회를 놓친 것 같았다. 나는 뉴욕을 벗어나 그에게 한 말이 거짓이 아님을 증명하고 싶었다.

*

[핼러윈에 혹시 혼자 지내면 우리 숙소 사람들과 어울려요. 여덟 시에 펜스테이션 근처에 있는 피자집 뱅거에서 보기로 했어요.]

A가 보낸 문자였다. 나는 일을 마치고 호영과 A가 말한 무리와 합류했다. 그들은 이미 친해진 데다 들떠 있었기 때문에 끼어들 틈이 없었다. 우리는 식사 후에 헤어졌다.

저녁이 되자 경찰들이 소호의 도로를 통제했다. 분장만큼 사람들의 제스처도 과했다. 호영과 나는 모자를 눌러쓰고 인파 속을 걸었다. 4차선 도로가 꽉 차 열기가 고조될 때 트럭을 이어 붙인 퍼포먼스 차량이 사람들을 가르며 지나갔다. 거의 열 개에 달하는 트럭들은 각각 그레이하운드 두 개를 붙여 놓은 길이였고 칸마다 다른 콘셉트로 꾸며져 있었다. 로커를 태운 트럭이 지나가면 슈퍼히어로나 애니메이션 코스프레가 뒤를 이었다. 어느 칸이든 뮤지션이 있어 거대한 스피커에서 음악이 쏟아져 나왔다.

시간이 지나자 점점 이탈하는 사람들이 생겼다. 행렬은 부피가 줄어들었고 우리는 근처에 있는 역으로 향했다.

L라인에 서서 지하철을 기다리고 있을 때 철 기둥에 등을 기댄 채 바지 주머니에 손을 찔러 넣은 남자와 눈을 마주쳤다. 뿔테 안경을 쓴 그가 먼저 인사를 건넸다.

"당신 조금 피곤해 보여."

내 말에 남자는 고개를 저었다.

"많은 일이 있었던 하루였어."

"오늘은 핼러윈데이야."

호영이 말했다.

"이 도시가 좋아?"

남자가 물었다.

"나쁘지 않아."

"여긴 유령들의 도시지. 핼러윈 시티."

그는 힘없는 미소를 지었다.

"너희는 여행 중이지?"

"응."

"나는 여기서 살아."

같이 열차에 올랐다가 그는 바로 다음 역에서 내렸다.

플러싱에 도착해 걸었다. 맨해튼과 달리 조용한 거리는 핼러윈과 아무 관련도 없는 듯 보였다.

"새로 시작한다는 게 가능할까?"

호영이 말했다.

"이미 그러고 있는 거 아니야?"

"이대로 꾸준히 일하면 내년에는 사만 달러를 모으게 돼. 처음 한국을 떠났을 때는 생각하지도 못했던 돈이야."

"너에게 새로 시작한다는 건 어떤 의미지?"

"미래는 물론 과거까지 안을 수 있는 출발."

"많은 돈이 그 기준이고?"

"그건 기본에 속해. 돈이 없으면 아무것도 할 수 없으니까."

"필요한 게 또 있어?"

"끝이 없지. 집, 차, 여자, 직업 등, 말해봐야 입 아픈. 하지만 출발점에서 이 모든 걸 가질 수는 없어. 굳이 하나를 꼽자면 캐나다 영주권 정도가 적당하겠네."

"목표가 있네."

"약간 괴리가 있긴 하지만……. 영주권, 나쁘지 않은 것 같아."

핼러윈 저녁을 같이 보낸 것과 별개로 호영과 나는 같은 세계에 있었다. 한 번의 호의나 무관심으로 인해 섞일 수도 갈라설 수도 있는. 우리의 작별은 가벼웠다. 내일이라도 사라질 수 있다는 의지가 모든 것을 설명했다. 그것은 위협만큼이나 뜨겁고 또 차가웠다.

*

남은 시간 동안 레슨에 집중하기로 했다. 스텝스의 중·고급 수업은 물론 브로드웨이 댄스 센터에서 진행하는 F의 클래스도 찾아갔다. 화려한 테크닉과 특유의 탄력으로 이미 이십대에 자신의 스타일을 정립한 F는 첫날부터 공지 없이 대타 강사를 썼다. 환불 안내를 따로 하지 않았기 때문에 얼떨결에 벨이라는 댄서의 수업을 들었다. 그는 아마추어였고 스텝을 매번 틀렸다. 레슨이 끝난 후에 같은 스튜디오에서 잼세션이 열렸는데 벨은 지켜보기만 했다.

두 번째로 찾은 수업에는 많은 사람이 스튜디오를 채웠다. F의 지시로 수강생들은 크게 원을 만들었다.

"완벽하게 박자를 지키는 사람은 없어."

두 마디씩 즉흥이 이루어졌고 세 바퀴를 돈 후에 본 수업에 들어갔다.

F는 즉석에서 열여섯 마디 안무를 만들었다. 막힐 때마다 고개를 젖혀 천장을 올려다보았는데 오 분 이상 기다려야 할 때도 있었다. 자주 수업을 듣지 않은 사람들은 동작을 제대로 따라 하지 못했다. 갑자기 시도하는 역동작, 순서를 꼬아서 어렵게 느껴지는 기본 스텝, 아무렇지 않게 사용하는 고난도 스킬 등. 익숙해질 때까지 오른쪽으로 반복한 후에 통째로 왼쪽부터 다시 시작했다. 나는 절반을 서 있었다.

G의 수업은 F와 달리 기본기 위주였다. 그레고리 하인스의 우수한 학생이었던 그녀는 클래식한 동작들 위주로 가르쳤다. 언뜻 단순해 보였지만 쉽지 않았다. 내가 당황할 때마다 그녀는 눈을 감고 부드러우면서 우아한 미소를 지었다. 익숙한 스텝들의 개념이 그 미소 앞에서 넓어졌다.

"가벼운 수업이 없군."

"우리가 여기 있는 이유지."

다이스케가 말했다.

3개월이 다 되어가자 D와 B의 클래스를 꾸준히 듣던 학생들이 먼저 인사를 건네 왔다. 미구엘, 키키, 아네사 등. 미국인으로 보이는 그들 역시 수업에 어려움을 겪었지만 잘 따라갔다. 부족한 사람이 누굴까 본능적으로 두리번거릴 때마다 여전히 내가 가장 못한다는 사실을 확인했다. 합류한 지 얼마 되지 않은 일본인 소녀조차 이미 훌륭한 기본기를 갖추고 있었다. 재능 있는 사람들이 이 스튜디오를 찾는다는 사실을 나는 자주 잊었다.

마지막 수업에서 D는 네 박자 중 원(One) 박만을 다 같이 발로 치게 하고 한 명씩 즉흥 탭을 시켰다. 세 바퀴 돌았을 때 그는 앞사람의 리듬을 잘 듣고 그에 대한 해석을 담아보라고 말했다. D의 의중을 모르는 사람은 없었지만 어떻게 하면 그 요구에 딱 맞는 춤을 출 수 있는지 아는 사람 역시 없었다. 마지막 댄서가 춤을 끝내자 D는 무엇을 느꼈는지 한 명씩 물었다. 리듬을 즉흥적으로 만드는 것과 소통의 어려움이 자주 언급됐다.

"원은 단순하지만 아주 깊은 사운드야. 나는 원을 통과해 더 높이 날 수 있어. 하지만 결국 다시 돌아와야 해. 내가 소리를 내지 않아도 우주 속의 별처럼 원은 끝이 없는 어딘가로 향해서 가."

나는 더듬거리며 말했다.

"맞아, 원은 아름다운 별과 같지. 동시에 우리의 집이기도 해. 적어도 잃으면 안 되는 것."

D는 느릿하게 말하고 수업을 마쳤다.

*

A가 저녁을 사겠다며 42번가에 있는 B.B 킹스 블루스 클럽에서 보자고 했다. A는 내가 출국하는 날짜를 꽤 정확하게 알고 있었다. 먼저 온 그녀는 젊은 남녀와 함께 와인을 마시고 있었다. 아시아를 여행하던 그들은 얼마 전에 넘어와 한동안 뉴욕에서 머물 계획이라고 했다. 부부가 아닌 데다 일반적인 연인처럼 보이지도 않아 궁금증이 생겼지만 더 묻는 것을 그만두었다.

"벌써 떠날 때가 다 되었네요. 어떻게 지냈어요?"

나는 그동안 있었던 일을 생각나는 대로 말했다. 루의 호스텔에 대한 대목에서 A는 눈살을 찌푸렸다.

"아직도 그런 곳이 있다니. 한인 호스텔도 꽤 많은데 하필 그런 곳을……."

조명이 한 단계 어두워지며 밴드의 음악이 시작되었다. 나이 든 뮤지션들의 블루스 연주는 농밀하면서 쿠키처럼 안에 공간이 많았다. 연주되지 않은 노트들이 꿈틀거렸다.

"여기 자주 오세요?"

"아뇨, 블루스를 좋아하긴 하지만 자주 오진 않아요. 라이브도 가끔 들어야 좋아서."

무대는 삼십 분가량 이어졌다. 마치 B.B. 킹을 연상시키는 뚱뚱한 체형의 기타리스트가 노래를 두 곡 불렀다. 거친 목소리가 악기 사이를 뚫고 나왔다.

"전에 만났던 친구가 여기서 공연을 했어요. 베이스를 쳤는데 역할이 뭐냐고 물어보자 화를 냈죠. 모든 악기는 함께 움직일 뿐이라면서, 베이스든 뭐든 들고 서 있으면 역할은 이미 정해진 거라나."

두 잔째 마시자 취기가 올랐다. 2부 중반쯤 진행되었을 때, 기타리스트가 관객들을 향해 탭댄서가 있냐고 물었다. 나를 포함해 세 명이 손을 들었다. 연주가 다시 시작되자 다른 두 명이 신발을 신고 홀 중앙으로 나갔다. A가 부추겼지만 나는 가방도 슈즈도 두고 온 채였다.

다른 악기들이 연주를 멈추고 드럼이 템포를 유지하자 깡마른 체격의 노인이 춤을 추기 시작했다. 박자를 정확하게 지켰고 뒤로 처질 수 있는 흐름을 아슬아슬하게 이끌며 한 코러스를 마무리했다. 사람들의 박수가 끝나기 전에 젊은 댄서가 핀 조명 밖에서 탭을 시작했다. 선명한 리듬에 짜임새가 좋았다. 두 번째 코러스에서 그는 2박 3연음으로 호흡을 바꾸더니 16연음을 폴리리듬으로 조직해 정확하게 원(One)에 끝마치고 스윙으로 넘어갔다. 핀 조명이 그를 향했고 후드티에 청바지를 입은 실루엣이 반짝였다. 무난하게 두 번째 코러스를 마무리하자 사람들이 소리를 질렀다.

"저 정도면 프로 아닌가요?"

"그렇다고 봐야죠."

탭댄서의 소리는 심장을 찔렀다. 실처럼 응축된 시간을 관통한 에너지가 그의 발을 통해 뻗어 나와 내 안에 있는 것들과 공명했다. 질투, 좌절의 신경섬유에까지 리듬이 닿아 흔들리는 심장에 귀를 기울이게 했다.

댄서들의 잼이 끝나고 다시 연주가 시작됐다. 그 사이에 A가 와인을 주문했고 한 잔씩 더 마셨다. 사람들이 파트너 춤을 출 수 있도록 마지막에 느린 곡이 연주되었다. A가 제안해 우리는 플로어로 나가 서로의 어깨와 허리에 손을 얹고 스텝을 밟았다. 무표정한 얼굴의 그녀는 어느 위치에 손을 둬야 할지 잠깐 고민하는 듯했다. 먼저 자세를 잡은 내가 리드하자 조금씩 흐름을 탔다.

"뉴욕에 더 있고 싶은 마음은 없어요?"

"글쎄요, 사람들은 왜 이곳을 좋아할까요?"

"몰라서 물어요?"

"너무 당연해서 모르는 기분이에요."

"알고 지낸 홍콩 화가 한 명이 있어요. 중국과 유럽 시장에 진출했지만 한계를 느끼고 뉴욕에서 다시 작품 활동을 시작했죠. 환갑이 넘은 나이였어요. 유럽의 전통과 깊이를 찬양하면서도 결국 성공은 여기서 하려고 해요. 복사기니 약쟁이니 해도 미술사는 이곳 출신인 앤디 워홀과 바스키아를 외면하지 못하고 있죠. 재즈와 힙합은 어떻구요. 뉴욕이 아니었으면 마일스 데이비스나 존 콜트레인은 없었을 거예요. 비욘세와 제이지도 마찬가지. 물론 돈의 흐름과 예술의 발전이 늘 함께하진 않지만."

"무언가를 넘어서기 위해선 돈이 필요하죠."

"그 무언가가 뭘까요. 어떤 조각가는 완성한 석고 작품을 아파트에서 떨어뜨려 부쉈어요. 우연히 누군가가 그 장면을 촬영했는데 영상을 거액에, 그러니까 찍은 사람이 황당할 정도의 돈을 주고 작가가 사버려요. 그리고 부서진 잔해와 함께 출품했죠. 제목은 '이유 없는 파기의 이유'."

A는 말했다.

"그 작품은 경매에서 더 비싼 가격에 팔렸어요. 작가가 돈을 주고 영상을 샀다는 소문이 퍼져서 값어치가 올라갔죠."

음악이 중반쯤 지나자 A와 나는 서로의 움직임에 익숙해졌다. 중간에 턴을 시도하기도 했지만 곡이 끝날 때까지 일정한 패턴을 지켰다.

"예술가들은 자신들이 하는 일을 당연하게 생각하는 경향이 있어요. 몇몇은 진심으로 감사하는 것 같지만……."

"계속 앞으로 갈 수 없다면 버려진 자동차처럼 어딘가에서 눈이나 맞아야겠죠. 사람들보다 자기가 먼저 안 찾게 돼요, 이제까지 해온 것들을."

"태일 씨는 조각가와 조각품 중 어떤 것이 되고 싶나요."

음악이 끝나자 우리는 테이블로 돌아와 남은 술을 마셨다. A는 와인을 포함한 모든 음식값을 냈다.

"로또를 맞았어요. 거짓말이라고 생각하겠지만, 정말이에요."

그녀가 말했다.

"이 친구들은 한잔 더 할 것 같은데, 같이 가서 어울려요."

그렇게 말한 그녀는 먼저 떠났다. 술을 더 마시고 싶지 않아 나는 커플과 헤어졌다.

*

세탁소 여자는 여전히 미간을 찌푸린 채 간간이 직원들

에게 소리쳤다. 계산을 끝내고 받은 짐은 두 개 다 무거웠
다. 여전히 중간에 쉬지 않고는 옮길 수 없었다. 일을 마치
고 창틀에 앉아 내리는 눈을 바라보았다. 아무도 없는 방은
고요했고 내려앉은 어둠이 말을 걸었다. 그 질척거림을 견
디다가 건물 밖으로 나왔다. 재킷에 달린 모자를 뒤집어쓴
매니저가 걸어왔다.

"아직 안 끝났나요?"

"방금 마무리했어요."

호스텔로 올라온 매니저는 욕실에서 발을 씻었다.

"오늘이 마지막이라고 하셨죠?"

"네, 사람은 구했나요?"

"세 분 면접 봤어요. 연락하면 내일부터 나올 거예요."

"세 명이나. 저는 운이 좋았네요."

"태일 씨도 세 사람 중에 뽑은 거예요."

그는 말했다.

"열심히 해주셔서 감사해요. 귀국하는 건가요?"

"아뇨, 좀 더 돌아다니려구요."

매니저는 고개를 끄덕이고 주머니에서 돈뭉치를 꺼냈다.

"백 불 더 드릴게요. 맨해튼에 또 올 일 있으면 여기서 머
무세요, 깎아드릴 테니."

나는 가방을 챙긴 후에 열쇠를 반납하고 아파트를 나왔

다. 눈이 조금씩 쌓이기 시작했고 놀이터에서 아이들의 웃음소리가 들려왔다.

*

콜럼버스 서클에 앉아 사람들을 구경하다 델리에서 샌드위치를 사 먹은 후에 리버사이드파크로 향했다. 출렁이는 허드슨강 위로 눈발이 떨어지는 모습을 바라보았다. 느리고 하얀 것은 따뜻해 보인다는 생각에 그와 관련된 것들을 연상했지만 북극곰밖에 떠오르지 않았다. 북극곰도 사실 느린 동물은 아니었다. 눈이 와서인지 연달아 담배를 피우는데도 야단치는 사람이 없었다.

코튼 클럽의 영업 시작 시간은 여덟 시였다. 프랜시스 포드 코폴라 감독이 동명 영화로 만든 이곳은 여전히 탭댄서들을 섭외해 쇼를 했다. 주로 도미샤와 오마르가 출연했다. 둘은 부부였고 세 아이를 키웠다. 도미샤가 칼을 던지듯 리듬을 꽂는 반면 오마르는 상대적으로 더 자유롭고 창의적이었다.

빅밴드의 연주가 1부를 장식했고 중간에 가수가 두 명 출연해 노래를 불렀다. 별다른 멘트 없이 2부가 시작되었다.

정장에 부츠를 신은 오마르가 플로어에 나와 춤을 추다

가 밴드 옆에 높게 설치된 나무판에 올라갔다. 움직일 때마다 판이 흔들렸지만 그는 신경 쓰지 않았다. 이어서 붉은색 원피스를 입은 도미샤가 등장했다. 둘은 십 분 넘게 리듬을 주고받았다. 오마르가 퇴장하고 도미샤의 솔로와 여성 탭 댄서들의 군무가 이어졌다. 짧은 투피스를 입은 댄서들은 몸매가 좋고 피부색이 다양했다. 부부의 아이들이 2층 난간에 붙어서 공연을 구경했다.

클럽을 나와 담배를 피우고 있을 때 백인 커플이 라이터를 빌려달라며 말을 걸었다.

"멋진 퍼포먼스야."

남자가 말했다.

"이런 공연은 여기서밖에 볼 수 없어."

여자가 말했다.

"맞아."

내가 말했다.

"난 독일에서 공연 에이전트를 하고 있거든. 이곳에서 영감을 많이 받아."

남자가 자신의 계획을 말하기 시작했지만 거의 알아들을 수 없었다. 나는 적당히 고개를 끄덕이고 그곳을 벗어나 다시 허드슨강 쪽으로 걸었다. 밤이 되자 눈이 멈추고 찬 바람이 불었다. 사람이 없는 공원을 조금 돌아다니다가 어슬렁거리는 개 한 마리를 보고서 자리에 멈췄다. 셰퍼드처럼 보이는 개는 주위를 둘러보며 잔디밭을 몇 번 긁어 팠다. 무릎까지 내려온 코트에 워커를 신은 남자가 걸어오자 멀리 떨어져 보조를 맞추었다. 무신경한 남자가 시선을 주었고 개는 거리를 좁혀 그의 옆에 붙어 걸었다.

*

떠나기 전날 여주인, 호영과 함께 맥주를 마셨다. 디스크가 터진 여주인은 얇은 패딩을 들어 올려 복대를 보여주었다. 수술을 받아야 한다고 했지만 구체적인 계획이 있어 보이진 않았다. 호영은 새로 사귄 여자 친구와 헤어졌다고 말했다. 얼마 전의 그 여자인지 다른 사람인지 헷갈렸다. 셋 다 애인이 없다는 사실이, 아니, 그와 별개로 그저 우리 세 명의 모습이, 내 방의 병풍처럼 기묘하게 느껴졌다.

반 그램 정도 남은 대마초를 마저 다 피우고 눈을 감았다. 일어났을 때는 새벽이었고 다시 잠들지 못한 채 날이 밝아올 때까지 뒤척였다.

스피커와 손수레를 한국으로 보냈음에도 짐이 늘어 가방과 캐리어가 무거웠다. 지하철 창밖으로 보이는 퀸스의 풍경이 멀리 밀려났다. 42번가 터미널에 도착해 예매해놓은 표를 출력하고 눕혀놓은 캐리어 위에 앉아 버스를 기다렸다. 얼마 지나지 않아 토론토행 그레이하운드가 도착했고 기사가 짐을 트렁크에 실었다. 승객이 열 명 남짓이었기 때문에 자리가 비었다. 좌석의 쿠션과 질감을 느끼며 한두 대씩 빠져나가는 차량들을 구경했다. 예약한 숙소는 토론토 버스터미널에서 지하철을 타고 사십 분 정도 더 가야 했다. 밤늦게 도착할 거라고 메시지를 보내자 집주인은 괜찮다고 답장했다.

버스는 42번가를 벗어나 할렘을 거쳐 브롱크스로 향했다. 곧 도로를 따라 자란 관목 숲과 벌판이 이어졌다. 드문드문 보이는 집들이 폐가처럼 보일 만큼 지평선은 아득했다. 버스에 몸을 맡긴 십여 명의 사람들이 왜 비행기를 타지 않았을까 의문이 들었다. 돈이 없을 수도 있고 원하는 행선지가 아닐 수도, 나처럼 막연히 육로로 가는 것이 국경을 통과하기에 유리하다고 생각해서일 수도 있었다. 어쩌면 이 긴 버스 여행 자체가 필요했을지도 모른다. 벌판을 가로지르며 인간보다 덜 외로워 보이는 새들을 바라보다가 자신이 혼자라는 사실에 안도하고 같이 탄 승객들에게 뭔지 모를 마음의 빚을 지는 것이다.

휴게소에서 잠깐 멈춘 것을 제외하고 여덟 시간을 달렸다. 국경에 도착하자 버스에서 사람들이 내렸고 기사가 짐을 뺐다.

대기실에 들어가 입국신고서를 쓰고 차례가 오길 기다렸다. 출구에서 가장 먼 쪽에 앉아 있었기 때문에 이번에도 마지막 순서였다.

히스패닉, 흑인 남성을 따라 방을 나와 가장 안쪽에 있는 심사대 앞에 섰다. 여권을 건네자 머리에 포마드를 발라 깔끔하게 빗어 넘긴 심사관이 신고서와 여권을 훑었다. 캐나다에 방문하는 목적을 물어 나는 여행이라고 말했다.

"뉴욕에 갔다가 다시 돌아온 이유는?"

"사촌이 토론토에 살고 있어. 거기서 겨울을 보내다 봄에 돌아갈 거야."

"돌아가는 비행기 티켓 있어?"

"아니, 없어."

"돈은 얼마나 갖고 있지?"

"천이백 달러."

"그 돈으로 봄까지 생활할 수는 없어."

"한국에 있는 가족이 보내줄 거야."

심사관이 뭐라고 말했지만 알아들을 수 없었다. 그는 억제된 톤으로 또박또박 다시 반복했다. 통장이 있으면 보여달라는 내용이었다. 갖고 있지 않다고 말하자 천천히 고개를 저었다.

"사촌은 어디에 살지?"

"토론토, 요크데일."

"지금 전화할 수 있어?"

나는 유심칩이 없어 와이파이가 있으면 문자를 보낼 수 있다고 말했다. 숙소 주인과 나눈 카톡 내용을 보여주자 그는 온통 한글인 휴대폰을 보고 한쪽 입가를 씰룩였다.

"직업이 뭐지?"

"댄서."

"뉴욕에서 뭘 하며 지냈어?"

"레슨을 듣고 버스킹도 하고."

"생활비는?"

"카드로 썼어."

나는 휴대폰에 찍힌 입출금 내역을 보여주었다.

"솔직히 말해서 널 믿을 수 없어."

나는 못 들은 척했다.

"믿을 수 없다고."

잠깐 침묵이 흘렀다. 아무 말도 떠오르지 않아 음, 하고 길게 신음했다. 심사관은 차가운 눈으로 나를 응시했다.

"내 목적은 춤이야. 사촌 집에서 지내며 연습하다가 내년 4월에 스톡홀름 페스티벌에 참가할 거야. 토론토에서 일하거나 불법체류할 생각은 전혀 없어. 중요한 것은 연습이고 가족도 그 때문에 돈을 보내주는 거야. 뉴욕에 세 달 있었지만 불법체류는 하지 않았어. 내 여권은 깨끗하다고. 믿어도 돼.”

생각나는 단어들을 문법이나 어순에 연연하지 않고 뱉어냈다. 심사관은 데스크 위에 두 손을 모아 깍지를 낀 채 계속해서 나를 쳐다봤다. 눈을 돌리지 않고 마주 보았지만 여러 표정이 얼굴 위로 드러났다가 사라지는 것을 느꼈다. 경련에 가까운 움직임이었기 때문에 통제할 수 없었다.

“페스티벌이 언제지?”

“4월 15일에서 21일까지야.”

“분명히 그때 떠난다고 했어.”

“일주일 전에 떠날 거야. 계속 있을 이유가 없어.”

그는 내게 여권을 건네주었다. 나는 짐을 챙겨서 버스에 올랐다.

*

버팔로와 나이아가라를 거쳐 토론토에 도착했을 때는 밤 열한 시가 다 되었다. 온타리오호수에서 불어오는 찬 바람을 맞으며 캐리어를 끌고 유니언역으로 걸었다. 잔돈으로 토큰을 산 후에 지하철 역사 안으로 들어가자 조용한 분위기가 세 달 전과 다르게 느껴졌다. 맨해튼과 비교하면 토론토는 작은 도시였다.

띄엄띄엄 앉은 승객들은 조용히 앉아서 책을 보거나 휴대폰을 만졌다. 열차를 잇는 통로를 모두 열어놓아 직선 구간에서 양 끝을 볼 수 있었다. 사람들이 다 내려 칸이 비었을 때 나는 자리에서 일어나 시원하게 뚫린 양쪽 통로를 바라보았다.

숙소 주인은 정문으로 나와 요크데일공원으로 올라오라고 했다. 출입구 두 개 중 사람들이 몰리는 곳으로 나가 공원 쪽으로 걸었다. 휴대폰으로 지도를 보니 큰 쇼핑몰 옆에 도로 하나를 두고 공원과 단독주택단지가 붙어 있었다. 단지로 들어가는 입구까지 오자 주인이 휴대용 전등을 켠 채 손을 흔들었다.

집주인은 육십대로 보였는데 남편과 함께 3층 주택에서 살고 있었다. 정문을 지나 건물로 들어가기 전에 현관 반대편에 있는 다른 출입구로 나를 안내했다. 열쇠로 철문을 열자 꽤 넓은 크기의 지하공간이 보였다. 앞으로 이 문을 이용하게 될 거라며 공용 부엌 사용법을 세세하게 설명했다.

나무 계단을 타고 식구가 머무는 1층을 거쳐 2층으로 올라갔다. 층계참 왼쪽은 화장실이었고 정면과 오른쪽에 방이 있었다. 내가 쓸 곳은 오른쪽이었다. 넓은 크기에 기본적인 가구를 갖추고 있었다. 나는 옷장 옆에 짐을 두고 준비해온 사백오십 달러를 주인에게 주었다. 미국과 캐나다는 환율 차이가 있었다. 그녀는 지하실과 방 키를 건넸다.

"하나씩밖에 없으니 잃어버리면 안 돼요. 내일 아침에 만둣국 끓일 건데 깨울 테니 내려와요."

나는 방문을 잠그고 침대에 걸터앉았다. 공기조차 멈춘 것처럼 조용해 귀에서 이명이 들렸다. 열네 시간 동안 탄 버스의 진동이 몸에 남아 있었다. 비척비척 일어나 창문을 열자 짙은 푸른색에 잠긴 대기와 검게 물든 건물들이 보였고 별이 떠 있었다.

2

여권을 챙겨서 켄싱턴에 갔다. 대마초를 팔던 노란 건물
은 1층도 문을 닫아 조용했다. 담배를 피우며 기다렸지만
아무도 드나들지 않았다.

옷가지를 구경하며 시장을 돌아다니다가 검은색 입간판
에 마리화나를 그려넣은 상점을 발견했다. 무엇으로도 가
리지 않은 쇼윈도로 내부가 보였다. 안으로 들어가자 뿔테
안경을 쓴 남자가 나타났다. 여권을 확인한 그는 진열장에
놓인 유리병들을 가리켰다. 종류는 이전과 크게 다르지 않
았다. 나는 대마초 이십 그램과 물로 불순물을 걸러낼 수
있는 작은 플라스크 모양의 봉을 샀다.

*

이틀 동안 내린 눈은 정강이까지 쌓였고 방 창문으로 사람들이 잘 다니지 않는 공원의 새하얀 언덕이 보였다.

아무도 나를 찾을 수 없다는 생각이 이번엔 위로가 되지 않았다.

마트에서 사 온 인스턴트로 끼니를 때웠다. 지하 부엌의 백열등은 밝기가 약해 창백했다. 사람들과 마주칠 때마다 형식적인 인사를 나누었다. 궁금한 것이 있어 물으면 한두 마디가 더 오갔다. 커피포트로 물을 끓이고 있을 때 누군가의 발소리가 들렸는데 어느 순간 뚝 끊기더니 문 닫히는 소리가 들렸다. 사람이 있는 것을 확인하고 방으로 돌아간 것이다.

대마초를 피울 때 봉을 쓰면 연기가 물에 한 번 걸러져 들어오기 때문에 더 깨끗했다. 일주일 동안 피우고 나니 후두와 기관지가 상했고 위염이 생겨 소화가 잘되지 않았다. 다시 감기에 걸릴까 봐 양을 줄였다.

휴대폰을 개통하기 위해 찾은 쇼핑몰은 길을 잃을 정도로 컸고 명품관을 갖추고 있었다. 매장에 걸려 있는 한정판 옷과 신발이 눈에 들어왔다.

바람을 쐬고 싶어 다운타운으로 내려와 온타리오호수를

걸었다. 지금은 사용하지 않는 부두와 모래가 얼어붙은 해변 주위를 돌아다녔다. 서로 닿을 것 같았던 붉은 구름들이 멀어져 수면에 반사했다. 의자에 앉아 하나둘씩 떠나는 사람들을 지켜보았다.

넓게 펼쳐진 논밭과 그 너머 아파트를 바라보던 어릴 때가 떠올랐다. 논길을 걷는 여자, 불어오는 바람과 무관하게 놀던 나비, 거칠게 포장된 도로로 가끔 지나다니던 차들 역시 같이 떠올랐다.

*

일을 구하게 된 것은 집주인을 통해서였다. 일식집을 다니는 남자가 방을 뺄 때 식당에서 일할 사람이 있는지 물었고 집주인이 나를 언급했다. 되도록 빨리 소개받기를 원해 로열요크에 있는 일식집으로 면접을 보러 갔다. 역에서 나와 조금 걸으면 보이는 여러 가게 중 하나였다.

나이가 칠십인 다부진 체격의 사장은 머리를 반듯이 빗어 넘겨 깔끔한 인상이었다. 캐나다에 얼마나 머물 것인지 물어 기간을 말하자 별다른 질문 없이 일에 대해 설명했다. 내가 들어갈 자리는 주방 보조였다. 재료 준비와 설거지, 간단한 음식 만드는 일이 주 업무였다. 오전 열 시부터 마감까지 대략 열두 시간 근무에 주급 육백오십 달러였고 한 달에 두 번 쉴 수 있었다.

"경력자가 아닌데 이 금액을 맞춰주는 건 드문 일이에요. 우리도 사람이 급하고 무엇보다 태일 씨를 좋게 본 거니까 식당을 찾고 있다면 여기서 시작하는 것도 괜찮을 것 같은데."

조급함이 섞였지만 억지로 회유하는 말투는 아니었다. 나는 일하기로 하고 사장과 악수를 한 후에 뒷문으로 나왔다. 직원 두 명이 잘 가라며 큰 소리로 인사했다.

*

첫 주는 배우는 데 집중했다. 기다렸다는 듯 직원들이 그만두었기 때문에 주방을 담당하는 사람은 나밖에 없었다. 밥하고 국 끓이는 것부터 설거지, 튀김기 청소와 채소 썰기 등을 배웠다. 칼질이 어색해 시간이 오래 걸렸고 새우 다듬기는 칼질만큼 까다로웠다. 머리를 제거해 냉동시켜놓은 새우를 녹여 껍질을 까고 김발로 하나씩 눌러 길게 폈다. 너무 힘을 주면 끊어져서 쓸 수 없었다. 한 박스에 도마 3분의 2가 찼다. 손바닥 크기만 하게 가지런히 랩으로 포장해 냉동시키는 것이 마지막 순서였다.

일손이 부족했기 때문에 이틀째부터 조리를 시작했다. 데리야키 종류는 치킨과 소고기 두 가지였다. 양념을 해 롤백에 담아 납작하게 얼려놓은 고기를 녹여 채소와 요리했다. 먹기 좋게 썰어야 하는 치킨보다 한꺼번에 조리해 나가는 소고기가 더 편했지만 주문량은 비슷했다.

내 예명은 피터였다. 알고 보니 전임자도, 그 전 전임자도 같은 이름이었다. 사장은 스시 바와 주방을 오가며 쉴 틈 없이 일을 주었다. 고유명사들이 잘 외워지지 않아 헷갈렸다. 무슨 말인지 모르면서 알았다고 하거나 우두커니 서 있는 일이 자주 생겼다. 설거지가 차라리 편했지만 숨을 돌리려고 고무장갑을 끼면 어김없이 사장이 나를 찾았다.

새우 때문에 손가락 마디가 저렸다. 근육통까지 생겨 이 일을 계속해야 할지 고민했다. 왠지 무난한 일을 찾을 수 있을 것 같았다. 서빙을 알아보니 팁까지 계산하면 오히려 더 큰 돈을 벌 수 있었다.

*

일주일이 지나자 손가락 통증이 줄었다. 주문이 폭주하는 주말은 평일보다 바빴다. 속도를 낸다 해도 일 처리에 한계가 있었다. 사장은 바쁠수록 신이 나는 유형이었지만 손을 못 쓰는 상황이 오면 공황 상태에 빠져 갑자기 혼잣말을 하고 욕을 했다. 주문표가 잘못되거나 제대로 전달되지 않은 상황이 가장 곤란했다. 화살은 매니저인 아들에게 돌아갔고 아들은 카운터에 앉아 있는 어머니를 몰아세웠다. 몸이 좋지 않아 은퇴한 사모는 떨리는 목소리로 억울함을 호소했고 바쁜 와중에도 사장은 아내를 두둔하고 나섰다. 이 모든 일이 손님과 배달 기사가 지켜보는 가운데 일어났지만 늘 있는 일인지 심각하게 받아들이는 사람은 없었다. 풀 데가 없어 화가 난 매니저는 부엌으로 들어와 신경질적으로 싱크대에 그릇을 던졌다.

매니저들은 일란성 쌍둥이였다. 주말에는 형이, 평일에는 동생이 일했다. 본명인 재혁과 대희를 따 형의 이름은 제이크, 동생은 테리였다. 체격과 생김새가 거의 비슷했지만 제이크가 다혈질에 퉁명스러운 반면 테리는 차분하고 말수가 적었다. 대학에서 영문과를 전공한 그는 시와 소설을 썼다. 제이크는 평일에도 미시소가의 술집에서 일을 했다. 그곳 역시 주말이 바빠 동생과 시간을 바꾸길 원했지만 사장이 허락하지 않았다. 테리는 정리정돈이 깔끔하고 일 처리가 꼼꼼했으나 바쁘게 움직여야 할 때 여유를 부렸다.

"피터, 현금이 많이 안 들어왔어. 이번 주에는 꼭 줄 테니 마음 놓고 있어."

둘째 주가 되자 사장은 주급 얘기를 꺼냈다.

"집세를 먼저 주셨으면 좋겠어요."

"얼마지?"

"육백 불이요."

숙소에 머문 지 한 달이 되는 날 아침, 주인아줌마는 출근하는 나를 기다렸다. 일주일만 더 시간을 달라고 하자 관리비를 내기 위해선 당장 필요하다며 독촉했다.

"주급 받지 않아요? 벌써 2주가 넘었는데."

"이번 주에는 준다고 했어요."

"오늘 가서 다시 말해봐요."

돈을 받아오지 못하자 그녀는 눈살을 찌푸렸다.

"아니, 일을 못 구했으면 방세를 어떻게 내려고 했대?"

"글쎄요, 모르겠네요."

황당한 표정을 짓고 있는 그녀를 두고 나는 방으로 들어갔다. 3주 차가 끝나는 날에 사장은 2주 치 급여를 봉투에 넣어주었다.

"그만둘 줄 알았는데 잘 버텼어. 더 배워서 주방을 휘어

잡으라구."

나는 튀김 요리를 배웠다. 잘라놓은 채소와 눌러 편 새우에 튀김가루를 묻혀 걸쭉하게 반죽한 밀가루를 그 위에 입혔다. 기름에 넣기만 하면 되는 채소와 달리 새우는 손가락 사이에 꼬리를 끼우고 부드럽게 휘저어 초벌을 했다. 반죽 점도가 묽으면 튀김옷이 얇아졌고 너무 되면 부피가 커져 재료 색이 죽었다. 사장이 만든 튀김은 일정한 모양새에 먹음직스러운 반면 내 것은 모든 면에서 미치지 못했다.

튀김기가 바와 붙어 있어 사장과 주방장이 스시용 횟감 써는 모습을 구경할 수 있었다. 왼손잡이인 장 씨는 날것을 못 먹어 자신이 만든 초밥이나 사시미의 맛을 본 적이 없었다. 능숙하게 회를 썰고 초밥을 만들었지만 무뚝뚝한 얼굴 때문인지 종종 기계적으로 보였다. 장 씨는 사장을 확실하게 보조하고 눈 밖에 날 만한 말이나 행동을 조심했다. 그런 그를 인정하면서도 사장은 자기 일 외의 것들에 무심한 장 씨의 태도를 좋아하지 않았다.

"종류를 가리지 않고 일하는 것이 중요해. 내 일 네 일 나누기 시작하면 주방은 활력을 잃고 말아."

맥주를 마시며 사장이 말했다. 삿포로 맥주는 장사가 잘 되는 날에 내리는 하사품이었다. 장 씨가 고개를 끄덕였지만 달라진 것은 없었다. 그는 자기 일이 끝나면 앉아서 쉬거나 먼저 집에 갔다.

식당일은 패턴이 일정했지만 장사가 어떻게 되느냐에 따라 재료를 준비하는 주기가 달라졌다. 데리야키 재료를 만들어 보관하는 작업이 한 달에 세 번 정도 있었는데 잘 팔리면 매주 했다. 사장이 고기를 양념에 재우면 내가 롤 백에 담아 플라스틱 통에 차곡차곡 쌓았다. 비닐장갑을 껴도 손목으로 양념이 들어가 피부를 자극했다. 장갑 안에 찬 습기와 따끔거리는 피부가 불쾌했다.

사장 내외는 점심시간에 나갔다가 네 시쯤 돌아왔고 남아 있는 사람들끼리 밥을 먹었다. 주로 데리야키나 볶음밥, 라면이 메뉴였다. 일찍 일어나 오전 내내 움직여도 나는 식욕이 없었다.

식사를 마치면 지하로 내려갔다. 갖가지 물건과 통조림을 쌓아놓은 창고를 지나 문을 열고 화장실이 있는 복도로 갔다. 흙만 채워진 화분 옆에 손님들이 대기하는 의자가 있었다. 누웠을 때 평평하고 쿠션감이 좋았다. 나는 깊게 잠들지 못했다. 비눗물에 젖은 바지가 거슬렸다.

*

테리는 내가 대마초를 피운다는 사실을 알았다.

"처음 차에 탔을 때 냄새가 나더라구. 자주 피워?"

"그런 편이에요."

"어때? 나도 예전에 꽤 했거든."

"그럼 잘 아시겠네요."

"사람마다 다르니까."

"예전에 피웠다는 건, 이젠 끊었다는 말이에요?"

"그럴 만한 일이 있었어."

매니저들은 퇴근할 때 종종 우리를 집까지 태워줬다. 넓은 도로를 달리며 도시의 불빛과 깊게 잠들지 못한 구름을 바라보았다. 자기 길만 가는 차들의 간격에서 나는 평온을 느꼈다. 장 씨는 보통 말이 없었지만 질문에 귀찮은 내색을 하지 않았다. 그는 부인과 이혼하고 이곳저곳 전전하다가 로렌스역 근처에 방을 얻어 지냈다. 고등학교를 다니는 딸이 하나 있는데 전 부인과 같이 살았다. 쉬는 날 딸과 함께 점심을 먹는 것은 오랫동안 이어온 행사였다. 딸은 친구들과 어울리며 그들만의 문화에 흡수되었다. 장 씨는 아이가 말없이 어색해하는 것보다 차라리 약간 무례한 것이 편하다고 했다.

일이 바빠 저녁을 못 챙긴 날에는 코리아타운에서 식사를 했다. 바쁜 날은 대부분 주말이었기 때문에 제이크의 차를 탔다. 새벽에도 이름 있는 식당에는 손님이 몰렸다.

제이크는 궁금한 것이 많았다. 한국에서 유행하는 패션, 게임, 이십대 여자들의 성향과 성 문화, 정치적인 분위기 등. 내가 그것들을 잘 안다고 생각했고 모른다 하더라도 말과 행동에서 유추할 수 있다고 믿었다. 나는 생각을 그대로 말하기도 하고 과장하기도 했다. 제이크는 오랫동안 사귄 여자 친구와 헤어진 이후로 몇 년 동안 혼자였다. 굳이 말하지 않아도 한국에서 온 여자들을 좋아한다는 걸 알 수 있었다.

모던 바를 차리는 것이 그의 꿈이었다. 자기가 일식집을 물려받을 거라 확신하고 있었다.

"로열요크는 너무 조용하지 않아?"

장 씨가 말했다.

"그렇다고 사람이 없는 것은 아니죠. 이 골병드는 일을 계속할 수는 없어요."

제이크가 말했다.

"사장님은 테리보다 제이크를 더 걱정하고 있어."

어느 날 퇴근하고 돌아오는 지하철에서 장 씨가 말했다.

"열정 있어 보이던데요."

"결국 고집을 꺾지 못하시겠지."

우리는 떨어져 앉았다. 그날뿐만 아니라 언제나 그랬다. 내가 내릴 때 장 씨는 무표정하게 손을 들었다.

*

　요크데일역 후문은 자정에 사람이 거의 다니지 않았다. 나는 퇴근길에 그곳에서 연습했다. 에어포스 운동화가 바닥을 때릴 때마다 소리가 부딪혀 역사 안에 울렸다. 익숙한 리듬을 반복할수록 조금씩 새로운 스텝과 루틴에 관심이 생겼다. 머리가 원하는 발전은 몸을 해갈한 이후에 이루어졌다. 머리를 먼저 따라가면 금방 피곤하고 싫증이 났다.

　나는 루틴 속에 숨어 있는 키워드에 흥미를 느꼈다. 어렵고 복잡한 안무들 역시 이 열쇠의 복합체이자 변용이었다. 같은 스텝이어도 리듬에 따라 근육의 쓰임새가 바뀌었다. 동작의 뉘앙스를 이해하지 못하고 외우는 루틴은 결국 몸에서 빠져나갔다.

　연습을 마치고 숙소로 돌아오는 길은 어둡고 고요했다. 역을 나와 다리 밑 도로를 따라 걸으면 잠들지 않은 하늘 밑으로 납작하게 엎드린 주택들이 먼저 눈에 들어왔다. 군데군데 얼어붙은 눈은 발로 밟아도 완전히 눌리지 않았다. 요크데일공원의 언덕은 눈 덮인 모습 그대로였다. 부목을 댄 듬성듬성 세워놓은 나무들 너머로 달빛이 은은하게 퍼졌다.

　하루는 한 남자가 다가와 돈을 구걸했다. 옆걸음질로 따라오며 이 달러만 달라고 했다. 그는 없다는 내 말을 전혀 듣지 않고 간절한 눈으로 쳐다봤다. 반복해서 없다고 하자 표정을 바꾸더니 한숨을 쉬며 자리에 멈춰 섰다. 나는 급하지 않은 걸음으로 그곳을 벗어났다. 발을 내딛을 때마다 등에 멘 가방에서 동전 부딪히는 소리가 났다.

숙소에 돌아오면 우선 몇 가닥 털이 붙어 있는 욕조에서 샤워를 했다. 정강이에 피부병이 생겨 물이 닿을 때마다 열이 느껴졌다. 손을 댈수록 가려워 나중에는 정신을 차릴 수 없었다. 하루 종일 타이츠를 입은 것이 원인이었지만 추운 주방에 있으려면 어쩔 수 없었다.

남은 기간 동안 매일 열두 시간 혹은 열세 시간씩 일하며 지내야 한다고 생각하니 아찔했다. 넌 착취당하고 있어. 몸이 말했다. 네가 허락한 착취지. 머리가 말했다. 돈은 매트리스와 침대 프레임 사이에 차곡차곡 쌓였다. 두 달째부터 제이크가 간간이 보너스를 챙겨주었다. 모은 돈으로 작은 나무판과 충전식 스피커를 살 수 있었다. 첫 2주 치 급여는 주지 않았는데 말없이 일을 안 나올 때 식당 입장에서 위안 삼을 수 있는 방법은 그 돈밖에 없었기 때문이다.

중앙난방이라고 했지만 방은 추웠다. 전기 패드를 등에 대야 따뜻하게 잘 수 있었다. 트레이닝바지에 후드를 뒤집어쓰고 이불 안으로 들어갔다. 대마초를 잔뜩 피웠기 때문에 깊이 잠들 수 있었다. 의존하고 있다는 생각은 들지 않았다. 마리화나가 없다 해도 나는 무엇으로든 취하려 할 것이다. 물론 숙취에 절어 출근하는 모습은 생각하기도 싫었다.

알람은 여덟 시 사십 분에 맞춰져 있었다. 일어나서 세수만 하고 나가야 늦지 않았다. 출근 시간에 역에는 사람이 꽤 있었다. 환승 구간에서 연주자들이 공연을 했고 지하통로에 음악이 울려 퍼졌다.

로열요크역 근처 건물 안으로 들어가면 사람들이 커피를 마시기 위해 카페 앞에 줄을 서 있었다. 피트니스센터와 약국, 스타벅스가 복도를 따라 들어서 있었고 그 끝에 푸드코트가 넓게 자리를 차지했다. 장 씨는 일찍 도착해 커피를 앞에 두고 창밖을 바라보고 있었다. 늘 비슷한 자리에 앉아 느리게 손을 흔들었다. 우리는 식당에 불이 들어올 때까지 기다렸다가 밖으로 나갔다. 테리와 달리 제이크는 아침을 챙겼다. 그가 사준 햄버거와 샌드위치 등으로 요기를 하고 일을 시작했다.

*

민아에게 카톡이 왔다. 그녀는 노스요크에 있는 미용실에서 일하고 있었다.

"난 오빠가 토론토에 있는 줄 몰랐어."

"어떻게 안 거야?"

"A 언니가 말해주더라고."

약속을 잡고 펀치로 갔다. 스타벅스에 앉아 기다리고 있는데 트렌치코트에 목도리를 두른 민아가 나타났다.

"나 살 좀 쪘지?"

"그렇게 안 보이는데?"

오랜만에 찾은 펀치는 계절 때문인지 전과 달라 보였다. 먼지와 섞여 더러워진 눈이 외진 곳에 쌓여 있었고 비슷한 차림새의 중국인들이 눈에 들어왔다. 대부분 무스너클 패딩을 입은 유학생들이었다. 그들은 몰려다니며 돈을 썼다.

한국으로 돌아갔던 민아는 얼마 뒤 캐나다에 와 결혼한 사촌 언니 집에서 지내고 있었다. 교포와 짧게 연애를 하다가 지금은 백인을 만나고 있다고 했다. 잘 지내는 것 같다고 하자 그녀는 나쁘지 않을 뿐이라고 말했다.

우리는 펍에서 맥주를 마셨다. 나는 왜 뉴욕을 떠날 때 연락하지 않았냐고 물었다.

"그냥, 모르겠어. 우리 다 떠도는 사람들이었잖아."

"지금은 아닌가?"

"조금 다르지. 난 돌아갈 생각이 없거든."

"마음을 먹었구나."

"그래야만 하더라고. 오빠는 어때? 계획이 있어?"

"봄에 스톡홀름에 갈 것 같아. 그 외에는 잘 모르겠어."

"거기는 왜?"

"탭댄스 페스티벌이 있어."

"오."

"사람들한테 자꾸 말하다 보니까 정말 가야 할 것 같아."

"뭔가 잘 어울려."

민아는 내게 농구장에서 찍은 사진을 보여줬다. 얼굴보다 큰 맥주 캔을 볼에 대고 눈을 감은 채 장난스럽게 입을 벌리고 있었다. 전에 만난 남자 친구가 찍어준 사진이라고 했다. 같은 장소에서 열린 아이스하키 경기를 본 직후에 둘은 헤어졌다.

"지금 만나는 사람은?"

"답답할 정도로 착해. 손님으로 와서 알게 됐어. 그런데 나는 아무 느낌이 없어. 누구를 만나면서 이렇게 아무 느낌이 없던 적은 처음이야."

민아는 말했다.

"현실은 각박해. 기대를 저버린 적이 없다니까."

*

각박. 이 단어는 모서리가 뾰족하고 숨 쉴 구멍이 없다, 고 형사의 말을 들으며 나는 생각했다.

"통장 하나가 추가로 신고당했습니다."

"그럴 리가요."

나는 읊조리듯 말했다.

"현실이에요. 이런 경우가 꽤 흔하긴 합니다만."

은행 이름을 듣고 나는 통장이 그 외에 몇 개 더 있을지 가늠해보았다. 정확히 떠오르는 것은 하나였지만, 이미 두 개로 늘어난 지금은 기억을 믿을 수 없었다.

"같은 사람에게 양도한 것 맞나요?"

"네."

나는 말했다.

"양도가 아니라 빌려준 거예요."

"그래요, 빌려준 거."

형사는 말했다.

"진술서를 다시 써서 보내주세요, 저희가 고쳐 쓸 수는 없는 노릇이니."

프린트해놓은 양식이 몇 장 더 있었다. 나는 캐리어를 뒤적거렸다.

"여자분이 울면서 신고했어요. 진위 여부를 떠나 누군가는 이미 상처를 받고 있습니다. 이런 일이 더 생기지 않길 바라야겠네요."

전화를 끊고 침대에 걸터앉았다. 큐에게 연락을 하려다가 그만두었다. 그는 모든 것이 준비되어 있기 때문에 화를 내도 받아줄 것이다. 그 점이 문제였다. 받아줄 수 있는 상대에게 화를 내는 일은 하고 싶지 않았다.

그럼 뭘 하고 싶냐. 나는 물었다.

뭘 해야 할 필요는 없어. 대답했다.

뭘 해야 할 필요는 없지.

*

쉬는 날에 민아가 일하는 미용실을 찾았다. 삼십대 후반으로 보이는 사장이 얘기 많이 들었다며 우리를 번갈아 보았다. 직원을 포함해 총 네 명이 일하고 있었다. 눈을 마주치자 모두 반갑게 인사했다. 나는 안내받은 의자에 앉아 거울로 민아가 일하는 모습을 보았다. 가위 부딪히는 소리와 헤어드라이어 돌아가는 소리 사이로 대화가 들렸다. 민아는 꽤 긴 문장도 자연스럽게 주고받았다. 따뜻한 녹차를 마시자 졸음이 몰려왔고 문을 여닫을 때 들리는 종소리에 정

신이 들었다. 업장을 굽어보게 설치한 TV에서 케이팝 뮤직
비디오가 송출되고 영상과 싱크가 맞지 않는 음악이 스피
커에서 나왔다. 손님을 배웅한 민아가 내 뒤로 와 머리끝을
양손으로 만졌다.

"조금만 더 기르면 장발 되겠는데?"

"앞머리가 너무 귀찮아."

"어떻게 해드릴까요."

"펌. 너무 강하게 말고."

민아는 가위로 가볍게 정리한 후에 본격적으로 머리를
말기 시작했다. 플라스틱 로드로 덮인 머리에 비닐을 씌우
고 삼십 분 정도 열처리를 했다. 두 번 물로 감고 헤어드라
이어로 적당히 말리자 컬이 보기 좋게 살아났다.

우리는 블로어로 향했다. 예약한 레스토랑은 테이블마다
유리병에서 초가 타고 있었다. 민아는 닭 요리, 나는 소고
기스테이크를 주문했고 와인을 한 잔씩 곁들였다.

"예전에 소개했던 지원 언니 기억나? 같이 갔던 모임에서."

"기억하지. 곧 결혼할 거라고 했잖아."

제임스라는 남자가 떠올랐다.

"결국 헤어졌어."

"다른 여자가 생겼나?"

"아니, 본처에게 돌아갔대. 웃기지."

곧 음식이 나와 우리는 먹기 시작했다. 두툼한 스테이크에 발사믹 소스를 얹은 파프리카와 이름 모르는 채소의 향이 잘 어울렸다.

"그래서, 어떻게 지낸대?"

"퀸스 어딘가에 있다는데 잘 모르겠어. 마약을 한다는 얘기도 있고."

"마약?"

"엑스터시를 한대."

와인을 다 마시자 사람들의 말소리가 더 크게 들렸다. 알아듣지 못하는데도 이해하고 있는 것처럼 느껴졌다.

"초라해지는 건 한순간이야."

민아는 고개를 저었다.

"술, 마약, 원 나이트 같은 것만 피해도 삶이 피폐해지진 않는다는데. 사장 언니가 자주 하는 말이야. 사람을 좀먹는다는 거지. 인간의 무의식은 인정하면서 이런 것들이 가져오는 혼란이나 불안은 왜 방치하는지 모르겠다는 거야. 하긴 술이 몸속에 들어왔을 때 일어나는 화학작용을 완벽하게 이해하는 사람은 없지. 취해서 하는 말은 결국 다 무의미한 것 같아. 몸이 조금씩 썩기 시작하면 자기도 모르게 헛소리를 하거든."

"하나쯤은 허락해도 되지 않을까."

"예를 들면?"

"글쎄, 대마초 정도는 마약이 아니라고 봐."

"원 나이트는?"

"섹스는 잘 안 해."

"왜?"

"모르겠어, 복잡해지는 게 싫은 건지."

실수하고 싶지 않았지만 이미 해버린 것 같았다.

"우리는 왜 한국을 싫어하게 된 걸까?"

민아가 말했다.

"이런 레스토랑은 거기도 많은데."

나는 일을 관두고 그녀와 숙소에 틀어박히는 모습을 상상했다. 하루 종일 함께 있는 모습을. 그러나 거기까지였다. 생각만 해도 힘이 빠졌다.

*

피부병이 심해져 일을 하는 데 방해가 됐다. 테리와 함께 찾은 약국은 약사가 세 명이었는데 자다 일어난 것처럼 부스스한 머리에 테 없는 안경을 쓴 남자가 내 상태를 확인했다. 말투가 지나치게 부드럽고 느린 그는 세 종류의 연고를 추천하며 효과를 하나씩 설명했다. 그중 두 개를 사자 수술

용 장갑을 끼고 정성 들여 발라주었다.

변덕스러운 날씨 때문인지 몸살 기운이 돌았다. 봄처럼 바람이 부드럽다가 갑자기 영하 10도로 떨어졌다. 새로 산 두꺼운 패딩에 방한 부츠를 신어도 추위가 파고들었다. 뜬 금없이 비가 왔고 다시 기온이 떨어지며 눈이 내렸다.

"지랄 맞은 날씨야. 이 지역의 매력이기도 하지."

테리가 말했다.

식당에 도착해 밥을 하고 튀김기를 청소했다. 거무스름하게 탄 밀가루 알갱이들을 키친타월로 닦아낸 후에 기름을 채워 넣자 바닥 모서리가 보였다. 사용할수록 기름이 탁해지는 것이 아쉬웠다.

쌀과 각종 채소, 된장, 밀가루, 초밥에 쓰일 생선이 배달되어 냉장고를 정리했다. 생선은 장 씨의 몫이었다. 참치와 연어를 펼쳐놓고 뼈를 바른 다음 한 뼘 길이로 등분한 뒤에 랩으로 싸서 냉장고에 넣었다. 연어 대가리는 구이로 사용했기 때문에 버리지 않고 보관했다.

나는 사장이 습관적으로 확인하는 것들을 먼저 마무리하고 숨을 돌렸다.

우중충한 하늘에 오래 입어 헤진 천 같은 구름이 걸려 있었다. 이상한 모양의 구멍들이 지금 이 시간과 닮은 것처럼 느껴졌다.

“내가 아니면 안 된다는 생각으로 해야 돼.”

사모는 말했다. 많은 사람이 거쳐 간 자리에 대해 그녀는 누구보다 잘 알고 있었다. 나는 힘든 티를 내고 싶지 않았다. 효과가 없다는 걸 알고 있었기 때문이다.

채칼로 양배추를 내리다가 손가락을 베었다. 장 씨가 의료함에서 약을 꺼내 소독하고 붕대 위로 골무를 씌워주었다. 며칠 뒤 이번에는 사시미 칼에 베인 그의 손에 내가 골무를 씌워주었다.

외출했던 사장은 다섯 시쯤 돌아와 숙제를 검사하듯 해 놓은 일을 확인했다. 그는 함께하는 사람들을 몰아붙이는 데 능숙했다. 별로 바쁘지 않은데도 주문이 밀린 것처럼 행동했고 정말 바빠지면 큰 소리로 진두지휘하며 정신을 빼놓았다. 어쨌든 사장보다 더 많은 일을 하는 사람은 없었다.

손님들이 남긴 롤이나 스시로 일하는 중간에 배를 채웠다. 고가 메뉴도 더러 있어 골라 먹는 재미가 있었다.

설거지는 늘 양이 많았다. 싱크대 두 개가 다 차면 큰 플라스틱 통에 세제 물을 담아 정리했다. 매니저가 도와주기도 했지만 결국 내가 해야 할 일이었다. 창문으로 바람이 새어 들어와 오래 있으면 젖은 다리가 시렸다. 달력 옆에 걸려 있는 온풍기는 바지를 말리는 데 전혀 도움이 되지 않았다.

가로등을 등진 쓰레기 적재함의 높이는 이 미터가 넘었다. 음식물 쓰레기를 던져 넣다가 떨어뜨리지 않게 조심해야 했다. 요령이 생겨 거의 실패하지 않았지만 너무 무거워 봉투가 찢어질 때도 있었다. 바닥에 흩어진 음식물은 믿을 수 없는 모양새였다. 그것들을 손으로 주워 치우는 내 모습은 더 믿을 수 없었다.

*

냉동고 문을 열자 칼이 떨어져 엄지와 중지 발가락 사이에 꽂혔다. 빗겨나간 곳이 살짝 베여 피가 났다. 겹겹이 얼어붙은 데리야키 고기를 떼어낸 뒤 누군가가 무심코 올려놓은 것이다. 기억에 없었지만, 아마도 내가 한 일이었다.

*

크리스마스이브에 내가 온 이후로 최고 매출을 기록했다. 예상했는지 처음으로 두 형제가 모두 출근해 일을 도왔다. 제이크가 선물을 사 온 단골손님들을 상대하는 동안 테리는 홀과 주방을 보조했다. 어수선했지만 작은 축제 같은 분위기였고 술에 취한 몇몇이 소주병을 들고 주방에 들어와 말을 걸었다.

우크라이나에서 여행 왔다는 남자가 좋은 물건이 있다며 내게 나가자고 했다. 우리는 뒷문으로 나와 가로등이 비치지 않는 어두운 곳으로 갔다. 그는 담배 케이스에서 꽤 두껍게 만 대마초를 꺼냈다. 종이 필터에 대고 흡입하자 후두와 기관지를 긁으며 연기가 폐로 들어왔다. 숨을 참다가 기침이 나와 목과 가슴이 찢어질 것처럼 아팠다.

"그걸로 끝. 축하해."

남자는 웃으면서 내 어깨를 두드렸다. 눈물을 쏙 뺀 후에야 기침을 멈출 수 있었다.

"엄청 센데?"

"블루 드림을 업그레이드한 거야. 우리는 몽키스 드림이라고 불러."

"몽크?"

"아니, 몽키."

몸이 부풀어 오르면서 공간과 조금씩 하나가 되는 느낌이 들었다. 어둠 속에서 남자의 모습이 또렷하게 보였다.

"좋은 나라야, 그렇지?"

"응."

"끝나고 뭐 해?"

"집에 가야지."

"크리스마스이븐데?"

"넌?"

"같이 온 친구들과 놀 거야."

남자가 말했다.

"그룹섹스를 하려고."

"재밌겠네."

그는 촉촉하게 젖은 눈으로 미소를 지었다. 우리는 담배를 피웠다. 한 모금만 들이마셔도 토할 것 같아 입담배만 했다. 설거지를 마친 테리가 나를 보고 고개를 저었다. 둥둥 떠다니는 머리가 어딘가로 곧 날아가버릴 것 같았다.

선물받은 골프채를 어깨에 걸친 채 제이크가 의기양양하게 홀을 돌아다녔다. 사장이 그런 그를 야단쳤다. 사모는 카운터에 앉아 혹시 잘못 계산하거나 실수한 것은 없는지 확인했고 테리가 옆에서 어머니를 도왔다. 나처럼 크리스마스를 처음 겪은 장 씨는 몰아치는 주문이 안정되자 진이 빠진 얼굴로 도마에 몸을 기댔다. 팔로 지탱하며 무게중심을 한쪽 다리에 둔 채 고개만 돌린 모습이 파충류를 연상시켰다. 높이 솟은 위생모와 특유의 처진 어깨가 앞으로 뺀 목을 더 길어 보이게 했다.

열 시쯤 손님들이 다 빠지자 사모가 늦은 저녁을 차렸다.

차돌박이를 넣은 된장찌개에 두부김치와 명란젓이 올라왔다. 정리해야 할 일이 많이 남았지만 모두 기분이 좋았다. 사장은 오늘의 공을 직원들에게 돌리며 더 큰 매출을 올렸던 과거를 회상했다. 식당의 전성기와 젊었을 때 자신의 모습을 떠올렸고 사모는 그 안에서 든든한 내조자로, 두 아들은 어린 조력자로 돌아가 있었다. 그는 여전히 가게가 발전하고 있으며 토론토에서의 독보적인 위치가 더 단단해질 것임을 확신했다. 장 씨가 인정한다는 듯 고개를 끄덕였다. 두 매니저는 크게 신경 쓰지 않았다.

"수고했어."

옷을 갈아입을 때 제이크가 백 달러를 주었다.

"사장님 기분이 좋으신 것 같은데요?"

"많이 팔았으니까."

그는 말했다.

"새해부터 주말 오전에 서빙하는 직원이 한 명 올 거야, 사라라고. 우리 교회 다니는 여자애야."

"유학생?"

"자기 말로는 그렇다는데, 모르지, 뭐."

그는 입을 삐죽였다.

"너도 교회를 좀 다니지 그래? 별사람 다 있어. 인프라 넓히기 좋은 곳이야."

“예수가 누군지 잘 몰라서.”
“목사님 말씀 들으면서 배우는 거지. 도움이 될 거야.”
“생각해볼게요.”
제이크는 어깨를 으쓱하고 주방으로 올라갔다.

*

사라는 단발머리에 푸른빛이 도는 콘택트렌즈를 끼고 있었다. 남색 작업복이 잘 어울렸는데 끈을 맨 허리와 타이츠를 입은 다리의 비율이 좋았다. 꼼꼼하게 화장한 얼굴보다 몸매가 돋보였다.

제이크는 이미 사라를 좋아하는 듯 보였다. 잦은 실수를 웃으며 넘어갔고 잔소리에도 배려가 있었다. 점심 식사를 하지 않고 퇴근하면 서운함을 감추지 못했다. 미리 먹고 싶은 것을 물어보기도 했지만 그녀는 우리와 식사하는 것을 좋아하지 않았다. 연령대가 다른 남자 셋에 둘러싸여 쓸데없는 질문에 답하는 것이 귀찮은 듯 보였다.

“왜 여기서 일해요?”
담배를 피우며 사라가 물었다.
“다른 데 가면 훨씬 많이 벌 것 같은데.”
“비슷하지 않을까?”

그녀는 고개를 저었다.

"내가 알기로는 여기가 가장 임금이 낮아요. 그리고 모든 팁은 직원들과 똑같이 나눠야 하는 거 알죠?"

"아니, 몰랐어."

"포스기를 사용해서 팁도 정산해야 하는데 여기는 다 손으로 써서 계산하잖아요. 가족이 아닌 다른 직원들은 불편해서 카운터를 볼 수 없어요. 물론 허락하지도 않겠지만."

따로 챙겨주는 돈이 있다고 하자 그녀는 얼마냐고 물었다. 나는 액수를 조금 더 부풀려 말했다.

"양심상 주는 돈일 수도 있겠네요. 받는 사람이 만족한다면 문제 될 리 없겠지만."

"딱히 기준을 갖고 있진 않아. 이런 일이 처음이거든."

"오래 할 계획이 아니라면 정붙인 곳에 계속 있는 것도 나쁘지 않죠."

주방으로 들어올 때 제이크가 우리를 곁눈질로 보았다. 나는 냉장고에서 썰어야 할 채소들을 꺼내 바구니에 담았고 사라는 노래를 흥얼거리며 행주를 빨았다. 하나둘씩 손님이 들어와 홀이 꽉 찼다. 주문받은 메뉴 대부분이 도시락에 들어가는 요리였다. 싱크대에 한가득 쌓인 그릇을 보며 사라는 짐짓 놀란 표정을 지었다. 내가 설거지를 해보라고 손짓하자 검지손가락을 흔들었다.

"여우 같은 애야. 요리조리 잘도 빠져나가지."

제이크는 싱크대에 그릇을 던지며 흘리듯 말하고는 다시
홀로 나갔다. 그의 신발 뒤축 끌리는 소리가 크게 울렸다.

*

환승역에 있는 지하광장에서 춤을 추고 있을 때 챙이 넓
은 중절모에 턱수염을 기른 남자가 다가왔다.

"라이선스 갖고 있어?"

"아니."

"그럼 여기서 공연하면 안 돼."

그는 사람들이 이동하는 통로를 가리켰다.

"소리가 너무 크게 울려서 연주를 할 수 없어."

"미안."

남자는 한숨을 쉬었다. 나는 땀을 닦고 짐을 정리했다.

지하광장을 제외하면 주로 요크데일역에서 공연했다. 쇼
핑몰로 넘어가는 다리에 사람들이 많이 다녔다. 판을 깔고
나면 세 사람 이상 지나다닐 수 없었다. 최대한 벽에 등을
붙이고 움직여도 발이 자꾸 바닥으로 떨어졌다. 플라스틱
덮개를 통과한 햇빛이 지나가는 사람들을 하늘색으로 비
췄다.

늘 자리가 비어 있는 것은 아니었다. 누군가 공연하는 뒷모습을 다리 밑에서 확인하면 포기하고 돌아갔다.

사람을 만나거나 클럽에 가는 것은 내 관심사가 아니었다. 시간이 남으면 다운타운 번화가에 가 필요한 물건을 사고 하얗게 헐벗은 공원을 돌아다녔다. 외지고 추워서 아무도 앉지 않는 붙박이 의자와 탁자, 풀이 자라지 않아 듬성듬성 모습을 드러낸 흙바닥과 꼼짝없이 제자리에서 변해가는 초목들. 그 안에 불안이 섞여 있었다.

하늘이 어두워지는 과정을 보고 싶지 않아 해가 지기 전에 돌아왔다. 밖에 있다 오면 유난히 집이 더러워 보였는데 건물 특유의 냄새가 담배, 대마초, 옷에서 나는 체취와 뒤섞였다. 캐리어, 가방, 더러운 작업복, 과자 박스, 쓰레기가 담긴 비닐봉지 등이 널브러져 있었다. 깨끗하게 정리한 것보다 손대기 싫을 만큼 어질러진 상태가 더 좋았다. 방을 청소한다고 해서 내가 정리되는 것은 아니었다.

계획이 없으면 오후까지 잤다. 뭔가 먹어야만 한다는 생각이 들 때 느릿느릿 일어나 지하로 내려갔다. 건조기에서 뿜어 나온 열기가 서늘한 실내에 떠다녔다. 몽롱한 정신 틈으로 옷 단추와 지퍼 부딪히는 소리가 비집고 들어왔다. 지하에서 들을 수 있는 가장 친밀한 소리였다.

제이크는 나를 자꾸 밖으로 끌어냈다. 외로울 거라 생각해서인지 아니면 본인이 외로워서인지 알 수 없었다. 그는 나와 장 씨를 데리고 돌아다니는 것을 좋아했다. 이것저것 핑계를 댔지만 매번 거절하기는 어려웠다.

우리는 마컴으로 가 중국 상점이 잔뜩 들어선 퍼시픽 몰의 온갖 물건들을 구경했다. 건물 안에 재래시장이 있었는데 손님 대부분이 중국인이었다. 본에 있는 아웃렛은 보다 큰 규모에 상대적으로 깔끔했다. 넓은 주차장이 빈자리 없이 들어찼다. 할인하는 옷을 몇 개 사고 햄버거를 먹었다.

카지노에서 나는 잃기만 했다. 장 씨는 과부인 하숙집 여주인과 주기적으로 다녀 게임을 할 줄 알았다. 휠체어를 타는 여주인은 남편을 잃고 그가 남긴 유산으로 살았다. 먼 곳으로 외출을 하려면 도움이 필요했는데 장 씨가 적임자였다. 운전을 해준 대가로 수백 달러를 받았다. 따는 날도 있었지만 잃는 날이 더 많았다. 블랙잭을 좋아하는 과부는 하루에 몇만 달러를 잃기도 했다. 그녀를 말리다 둘은 가끔씩 실랑이를 벌였다.

"적당히 하지 않으면 같이 안 오겠다고 하니까 자기한테 돈이 얼마나 있는지 아느냐고 묻더라고. 갈 때마다 만 달러씩 잃어도 아마 죽을 때까지 파산하지 않을 거래."

"형님, 그러다가 식당 일 그만두시겠어요."

"그 말을 어떻게 다 믿겠어."

"죽은 남편이 유명한 변호사였는데 굳이 못 믿을 이유가 있나요?"

제이크가 말했다.

"한번 놔둬 보세요, 어디까지 쓰나."

내가 재미없어했기 때문에 카지노는 더 가지 않았다.

앨더우드에 있는 펍은 사람으로 가득했다. 록앤드롤을 라이브로 연주했고 벽돌로 만든 아치를 경계로 안쪽 공간에는 당구대와 다트판이 여러 대 설치되어 있었다. 포켓볼을 몇 게임 치다가 어수선한 분위기에 적응하지 못하고 곧 나왔다.

아쉬운지 제이크는 낮은 산밑에 따로 떨어져 있는 술집으로 갔다. 홀 가운데를 차지하는 넓은 무대에 가운을 입고 하이힐을 신은 여자들이 한 명씩 나와 스트립쇼를 했다. 음악이 바뀔 때마다 새로운 여자가 등장했는데 대부분 풍만한 체형에 건강해 보였다. 선택된 남자가 무대 위로 올라가 천장을 보고 누웠다. 그를 위한 공연이 짧게 이어졌다.

"칸막이들 보이지? 저기 들어가면 다른 서비스를 해줘."

제이크가 말했다.

"원하면 내가 돈 줄게. 즐기고 와."

그는 이미 안주머니에서 지갑을 꺼내고 있었다. 두 명 정도 더 구경한 후에 우리는 밖으로 나왔다.

심야에 찾은 크레디트항구나 코발츠키지공원은 불빛이 거의 없어 칠흑 같았다. 공원에서 호수를 바라보면 어둠에 묻힌 섬의 불빛이 듬성듬성 보였다. 습기를 품은 바람이 강하게 불 때마다 체감온도가 확 떨어져 차 안으로 숨고 싶어졌다. 나는 어떤 모습으로도 분명히 떠오르지 않는 이 땅의 선조들에 대해 생각했다.

"오대호 중에서도 이곳이 가장 작아. 세상은 넓고 지겨울 만큼 아득하지."

제이크는 말했다.

다행스럽게도 다음 날 출근해야 한다는 사실을 그는 잊지 않았다. 우리가 함께 보낼 수 있는 시간은 제한적이었다. 각자 해야 할 일이 있었기 때문이다. 좁은 방 안에 누워 천장만 바라보다 잠이 든다 해도 그랬다.

*

"마리화나는 별로 안 좋아해요."

사라가 말했다.

"아무런 의욕도 들지 못하게 한다고 할까. 술보다 더 낫다는데 난 아니에요."

우박이 떨어졌다. 우리는 각자 들고 나온 우산 밑에 서서 담배를 피웠다. 빠른 속도로 떨어지는 우박이 우산과 지면에 닿으며 소리를 냈다. 연기가 느릿하게 꿈틀거리다가 공기 속으로 흩어졌다.

"차라리 코카인이나 엑스터시를 좋아하죠."

"어떤데?"

"코카인을 하면 아무리 술을 마셔도 안 취해요. 계속 쌓인다고 해야 하나. 알코올을 담을 수 있는 그릇이 무한정 넓어진 것 같은 기분이 들어요. 엑스터시는 담배와 잘 어울리죠. 몇 시간 만에 한 갑을 다 피우고 재떨이를 보면서 놀랄 정도니. 이러다 폐가 썩겠다는 생각이 들면서도 매번 그러고 있어요."

"다른 건 아직 기회가 없었어."

"클럽에 가보세요. 쉽게 구할 수 있어요."

"구해다주면 감사히 받을 수 있는데."

"누굴 딜러로 아나."

그녀는 역으로 가기 위해 쓰레기 적재함 쪽으로 걸었다. 다른 일식집 직원들이 검은 우산을 쓰고 담배를 피우고 있었다. 나는 그들 중 반바지에 앞치마를 두른 남자와 눈이 마주쳤다. 우리 사이에 투박한 우박들이 계속 떨어졌다.

사라는 꽤 잘 해내고 있었다. 잔 실수가 있었지만 대처가 좋았고 특유의 붙임성으로 같이 일하는 네 남자 사이에서 자유로울 수 있는 공간을 확보했다. 제이크가 의도하지 않았다 하더라도 사실 그것이 그녀의 역할이었다. 점심 장사에 굳이 능숙한 일손이 필요하지 않다고 판단한 사장은 그녀가 홀의 분위기를 바꾼다는 점을 좋게 봤다. 무엇보다 아들이 마음에 들어 하고 있다는 부분에서 부부가 끼어들 여지는 별로 없었다.

"여자를 조심해야 돼."

사모가 말했다.

"사라요?"

나는 말했다.

"제이크 형이 잘 챙겨주던데."

그녀는 나를 계속 바라보았다.

"이만큼 살아보니 적어도 여자는 볼 줄 알게 됐어. 저 애는 곧 그만둘 거야."

"딱히 편견을 갖고 싶진 않아요."

사모는 미소를 지으며 스시 바로 들어갔다. 나는 그녀가 남긴 여운을 들여다봤다. 진부한 흐름 속에 투명한 점 같은 것이 하나 떠올랐다. 사라의 턱밑에 있는 것과 닮아 있었다. 유독 눈이 가는 점이었다.

*

사모의 예상은 틀리지 않았다. 하루이틀 빠지기 시작하더니 사라는 2월을 마지막으로 그만두겠다고 선언했다. 제이크는 실망했지만 받아들일 수밖에 없었다. 그가 내놓은 타협안은 송별회를 여는 것이었다. 사실상 부탁에 가까운 제안이었다.

선택한 장소는 다운타운의 루프톱이었다. 한 층을 다 차지한 라운지는 은은한 조명에 입구를 제외한 삼면이 미닫이창으로 되어 있었다. 우리는 구석에 있는 긴 테이블에 자리 잡았다. 장 씨와 제이크가 유리를 등지고, 나와 사라가 그들을 마주 보며 앉았다. 천장에 매달려 길게 늘어진 조명이 테이블 가운데를 비췄다.

맨투맨티에 비즈목걸이로 멋을 낸 제이크가 과일 안주를 주문했다.

"담배 피우고 올게요."

사라가 말했다.

"여긴 금연 건물이야."

말을 듣지 않고 그녀는 밖으로 통하는 문으로 갔다. 나는 뒤를 따랐다.

　바람이 찼지만 매서운 정도는 아니었다. 명치까지 오는 철제 난간 앞에 사람 하나가 지나다닐 수 있는 통로를 두고 시멘트로 만든 담이 있었다. 우리는 난간에 올라가 야경을 보았다. 같은 눈높이로 서 있는 빌딩과 그 밑에 빼곡하게 무리를 이룬 건물들이 불빛을 머금었다. 두 줄로 환하게 흐르는 도로 가운데 고층 빌딩이 우뚝 서 있었다. 사라는 꽁초가 담긴 통조림통을 발견하고 웃었다. 금연 건물이라니. 나는 담배를 피우며 위아래로 보라색 빛이 물결치는 시엔 타워를 바라보았다.

　"결국 하게 될 거예요."

　"뭘?"

　"약이요, 코카인이든, 엑스터시든."

　"그럴 것 같아."

　"하기 전과 후는 다르다, 이런 말들은 신경 쓸 게 못 돼요. 결국 일어날 일은 일어나니까."

　사라가 말했다.

　"친구 중 누군 예술을 하고 누군 연애를 해요. 너무 멀리 간 애들도 있는데, 뭐, 거기에서 오는 불안도 내 몫이죠. 사실 가장 위험한 건 감정이에요. 어떤 선택이든 그 자체로 위험한 건 없어요, 우글거리는 감정이 문제지."

180

"선택과 감정은 따로라는 건가?"

"그럴까요?"

사라는 말했다.

"각자의 몫이 있다는 걸 말하는 것뿐이에요. 그 뒤에 붙이는 말은 다 사족."

"교회 다니는 사람 같지 않네."

"하나님 나라에서도 예외는 없어요."

사라는 꽁초를 버리고 패딩 주머니에서 작은 비닐 지퍼백을 꺼냈다. 그 안에 옆으로 퍼진 나비 모양의 알약이 들어 있었다.

"처방받으면 살 수 있는 건데 나쁘지 않아요. 마리화나하고 잘 어울려서 좋을 거예요."

"굳이 챙겨온 거야?"

"집에 통으로 있거든요."

우리는 안으로 들어갔다. 생각보다 늦게 돌아온 것에 제이크는 불만이었다. 나는 입에서 맴도는 담배 향을 맥주로 씻었다. 장 씨의 뒷모습과 두 겹으로 겹친 내 얼굴이 유리에 얼비쳤다. 야경의 끄트머리는 온타리오호수와 구름이 만나 멀어지는 지점에 있었다. 은은한 새벽빛에 둘러싸여 입을 다문 지평선이 어쩐지 사람과 닮아 있었다.

한 잔씩 더 마시고 자리에서 일어났다. 제이크는 먼저 장

씨의 하숙집에 들렀다가 요크데일에서 나를 내려준 후에
사라를 태우고 핀치로 향했다.

*

여자 친구와 퀘벡으로 여행을 간 테리 대신에 제이크가
한 주 내내 자리를 지켰다. 손님이 줄어 가게가 조용했는데
평소 같았으면 한탄했을 사장은 말이 없었다. 가끔 제이크
가 어머니에게 짜증을 냈지만 다툼으로 번지지 않았다. 뭔
가 이상하다고 느꼈는지 장 씨가 간간이 눈치를 봤다. 나는
실수한 것이 있나 돌이켜 보았지만 딱히 떠오르지 않았다.
"나랑 좋은 데 갈래?"
제이크가 팁을 챙겨주며 물었다. 스트립쇼는 관심 없다
고 하자 다른 곳이라며 자기가 사겠다고 했다.
인적이 없는 주택가에 차가 멈췄다. 넓은 도로를 가운데
두고 일정한 모양과 크기의 건물이 늘어서 있었다. 제이크
가 지갑에서 돈을 꺼내 주었다. 나는 세어보지도 않고 그를
따랐다. 건물 반대편은 주차장이었는데 가로등이 없어 어
두웠다. 철조망으로 둘러쳐진 나무들이 어둠 속에 묻혀 있
었다. 길목에 들어설 때 가장 처음 봤던 건물 입구 앞에 서
서 초인종을 눌렀다. 살집이 있고 머리를 깔끔하게 빗어서

182

올려 묶은 여자가 안으로 안내했다. 자주색 카펫을 깐 복도
는 좁았다. 원피스를 입은 다른 여자가 복도 오른편에서 나
타나 가볍게 웃으며 인사했다. 둘은 중국어로 대화했다.

"누가 맘에 들어?"

"잘 모르겠어요."

"내가 이 여자랑 들어갈게. 끝나고 저쪽 의자에 앉아 있
으면 돼."

제이크는 원피스를 입은 여자와 오른쪽 복도로 들어갔
다. 나는 남은 여자를 따라 걸었다. 문을 두 개 지나쳐 끝에
있는 방으로 들어가자 항아리 모양의 수면 등이 켜져 있었
다. 마름모꼴 조명이 천장에 매달려 철제 침대와 한쪽 벽에
붙어 있는 세면대를 붉게 물들였다. 벽에 걸린 검은색 가운
을 입으라고 말한 후에 여자는 밖으로 나갔다. 나는 옷을
갈아입고 침대에 걸터앉았다. 싱글 사이즈 침대는 둘이 눕
기에 좁게 느껴졌다. 고요한 정적 속에 어디선가 물방울 떨
어지는 소리가 들렸다. 딱딱한 바닥이 아닌 두껍고 속이 빈
비닐 같은 것에 부딪혀 약간 울림이 있었다. 음과 음 사이
의 간격이 일정하게 이어졌다. 나는 왠지 낯익은 그 소리를
찾아서 두리번거렸다. 세면대는 며칠 동안 쓰지 않은 것처
럼 말라 있었고 그 외에 수도와 관련된 무엇도 방에서 찾을
수 없었다.

돌아온 여자가 돈을 먼저 내라고 했다. 얼마냐고 묻자 백오십 달러라고 말했다. 패딩에서 꺼낸 돈은 백 달러밖에 되지 않았다. 더 없냐고 물었지만 나는 이게 전부라고 말했다.

"이 돈으로는 할 수 없어."

"그럼, 나가야 돼?"

"입으로는 가능해."

여자는 잠깐 마주 보더니 눈을 깜빡였다.

"이 소리 들려?"

"무슨 소리?"

나는 손가락으로 천장을 가리켰다. 멀뚱한 표정의 여자가 미간을 찌푸리는 순간에 물방울이 떨어졌다. 그녀의 기분이 바뀌는 시간은 한 마디의 세 번째 물방울이 떨어질 때와 일치했다. 4분의 3박으로 치면 미묘하게 다른 마지막 박자였다.

여자는 끝내 그 소리를 듣지 못한 것 같았다.

옷을 갈아입고 나왔지만 복도에 아무도 없었다. 입구에 있는 의자에 앉아 십 분 정도 기다리자 제이크가 나왔다.

"어땠어?"

나는 주머니에서 백 달러를 꺼냈다.

"돈이 부족했어요."

"말하지 그랬어."

"거기서요?"

제이크는 헛웃음을 쳤다.

"하긴."

우리는 건물을 나와 차에 올랐다. 시동이 걸리고 라이트가 전방의 건물과 울타리를 비췄다.

나는 조금 전 물방울 떨어지는 소리와 비슷한 질감의 음을 기억해냈다. 뉴욕에서 일했던 호스텔의 욕조에서 나던 소리였다. 손잡이가 부식될 것을 염려해 씌워놓은 비닐 커버 위로 끝까지 잠기지 않는 샤워기에서 물방울이 떨어졌다. 나는 청소 중에 무심코 혀를 차 음과 음 사이의 엔(n)박을 쳤다. 툭 쯧 툭 쯧 툭 쯧 툭. 익숙해지면 소리를 하나 더 넣어 3연음을 만들었는데 그것은 조금 빠른 왈츠 리듬이었다.

*

테리는 김장하는 날에 출근했다. 광대뼈 근처가 붓고 눈 밑에 피멍이 들어 있었다. 얼굴 때문인지 그는 손님을 상대하지 않고 김장하는 것만 도왔다. 나는 김치에 들어갈 무를 채 썰고 쪽파를 다듬었다. 점심시간에 제이크를 제외한 세 가족이 떠나자 장 씨가 무슨 일인지 물었다.

"술 먹고 싸운 거죠. 가끔 저래요."

"위험하군."

"끝까지 가는 게 문제에요. 선을 넘는 거 있잖아요."

한 주 더 쉰 후에 테리는 일을 나왔다. 얼굴에 남아 있던 멍은 사라졌다. 전과 다름없이 사람들을 대했지만 둘러싸고 있는 분위기가 더 어둡고 깊어진 느낌이었다. 혼자 생각에 잠긴 그를 보며, 나는 조금 뜬금없이, 성문에 걸쳐놓은 다리에 앉아 해자의 물고기를 바라보는 아이를 떠올렸다.

*

자정이 넘어서 형사에게 전화가 왔다.

"이번 사건을 종결하기로 했습니다."

"아, 네."

나는 무슨 말을 해야 할지 몰랐다.

"태일 씨를 믿기로 했어요."

그는 말했다.

"한 가지 당부드릴 것이 있는데, 운은 결코 운으로 끝나지 않는다는 거예요. 불법적인 일은 적발과 처벌 같은 행정 시스템에 한정되지 않고 마음속에서도 자라납니다. 인생이 바뀌어요. 혹시 다른 불미스러운 일과 엮여 있는 것은 아닌지 살펴보세요, 등잔 밑이 어둡다는 말은 이런 경우에도 해

당되니까."

"알겠습니다. 감사합니다."

"울면서 전화했던 피해자분과 그 이미런 씨."

형사는 말을 끊었다. 언뜻 볼펜 돌리는 소리가 들리는 것 같았다.

"아무튼, 무슨 말인지 알 거라 생각합니다."

전화를 끊고 큐에게 연락했다. 그는 예상한 대로라며 더 이상 이 일에 대해서 언급하지 말자고 했다.

"지나갈 일은 또 이렇게 지나가는 거야, 친구."

"그런가 봐."

"별일 없지?"

"딱히. 넌?"

"탄핵 시위에 나간 것 빼곤."

그는 말했다.

"줄을 못 세워서 안달 난 좀비들……. 그 사이에서 살아 남으려면 가장 위로 올라갈 수밖에 없지. 사람들은 무엇을 얻으면 유리한지 끊임없이 배우며 자라왔거든. 결국 돈이 야. 아마도 그렇겠지."

"갑자기 무슨 말을 하는 거야."

나는 피식 웃는 척을 했다.

"너도 우리가 공범이었다는 사실을 부인하진 않을 거야.

큰소리친 것에 비해 더 많은 돈을 챙겨주지 못한 것이 미안할 뿐이야.”

“더 얘기하지 말자며.”

“그러니까. 항상 말이 앞서는 게 문제야. 뭐가 그렇게 급한지.”

큐는 말했다.

“몇몇은 네가 도피했다 생각하고 있어. 어차피 돌아올 거면 이곳에서 살아남을 방법을 찾아야 한다고.”

“울타리를 벗어나면 무조건 길 잃은 양이 되는 건가.”

“여기도 정치집단이야. 스스로를 소비하거나 누군가를 소비시키지 않으면 술 사 먹을 돈도 못 버는 거 알잖아. 춤이 아니라 사람이 있을 뿐이라는 사실을 대부분 인지하지 못해, ‘진짜’를 한다는 건 자기를 지키는 일임에도.”

“그렇겠지.”

“난 네가 돌아오지 않아도 좋다고 봐.”

*

형사가 말한 몇 단어가 머릿속에 맴돌았다. 불법, 적발, 처벌, 행정, 인생. 법과 관련된 언어의 끝에 인생이 놓여 있었다. 그의 말대로 운이 운으로 끝나지 않고 싹을 틔우면 더

한 궁지에 몰릴 수도 있을 것이다. 짓누르고 있던 것이 힘을 푼 자리에 새로운 살이 돋아났다. 울면서 전화했다는 여자의 잘 그려지지 않는 모습이 해초처럼 그 주위를 어른거렸다. 내 이름을 도용한 누군가에게 속아 그녀는 다급한 심정으로 휴대폰을 들었을 것이다. 돈이 어디로 갔는지 나는 알지 못했다. 돌려주었을까. 큐가 보낸 사백만 원 안에 그 피 같은 돈의 일부가 흐르고 있을지도 모를 일이다. 하수처리장과 자연을 거쳐 입속으로 들어오는 똥물처럼. 나는 먼 곳에 있었고, 자기 몫의 책임만을 찾았다. 그와 같은 노력은 결국 용서와 차가운 결심 사이의 어떤 눈빛이 되었다.

어쩔 수 없는 반복이 두려운 사람들은 목숨을 끊거나 죽음과 같아지려 한다. 압박은 다른 압박 속에서 광기에 노출된다.

사라가 준 알약을 삼켰다. 의자에 등을 기대고 앉아 예민해지는 신경과 조금씩 식어가는 손발을 느꼈다. 깨끗하게 씻은 봉으로 대마초를 몇 번 흡입하자 기분이 편안해졌다. 평소보다 많은 양을 들이마셔도 어지럽거나 울렁거리지 않았다. 오히려 우글거리는 감각들이 명치와 아랫배에 계속해서 쌓였다. 시간이 지날수록 약효가 강해졌고 신경계가 차갑게 흥분하는 것이 느껴졌다. 가슴이 수축하고 손이 떨리는 것을 막기 위해 계속해서 피우고 마셨다.

잠이 오지 않아 새벽까지 깨어 있었다. 서서히 눈을 뜨는 하늘에 눈발이 날렸다. 나는 사라라는 압박을 느꼈다. 그녀는 더 이상 만날 수 없는 사람들이 서로를 기억하는 방식에 대해 말하고 있었다.

*

민아의 남자 친구 이름은 폴이었다. 헝클어진 머리에 안경을 쓰고 니트 밑에 셔츠를 받쳐 입은 모습이 공붓벌레 같은 인상이었다. 민아는 왜 자기가 그에 대해 아무것도 느끼지 못하는지 보여주고 싶어 했다. 우리는 주로 음악에 대해 얘기했다. 폴은 록을 좋아했고 핑크 플로이드와 도어즈, 레드제플린을 가장 많이 듣는다고 했다. 내가 지미 페이지의 솔로 연주에 대해 말하자 활짝 웃으며 기타를 배우는 중이라고 했다.

"정말 못 쳐."

툭 던지듯 말하고 민아는 다트를 하기 위해 자리에서 일어났다. 돈을 넣어도 기계는 작동하지 않았다. 폴이 다가가 기계를 살폈다. 골똘히 생각에 잠긴 그는 자꾸 흘러내리는 바지를 추어올렸다.

"그만하라고 하기 전까지 저러고 있을걸."

이름을 부르자 폴은 이쪽으로 고개를 돌리고 머리를 긁적이다가 다시 기계를 살피기 시작했다. 잠시 후에 도무지 모르겠다는 듯 우리를 보고 어색하게 미소를 지었다. 그는 상황을 이해하지 못하고 기계와 씨름하는 데 정신을 쏟았다.

우리는 폴을 먼저 보냈다. 당황하거나 서운한 기색 없이 인사를 한 후에 그는 바지를 추어올리며 오스굿역을 향해 걸었다. 열 발자국 정도 가다가 다시 몸을 돌려 두 손을 흔들었다.

우리는 재즈 바를 찾았다. 문이 꽁꽁 닫혀 있어 한쪽 면을 열어두었던 여름과 다른 느낌이었다. 경호원도 보이지 않았다. 바에 앉아 칵테일을 주문하고 트리오의 연주를 들었다. 〈어 나이트 인 투니시아(A Night in Tunisia)〉가 끝난 후에 처음 듣는 음악이 두 곡 이어졌다. 나는 민아에게 클락을 만난 이야기를 했다. 덩치 큰 경호원과 말다툼을 하고 내게 안겨 우는 대목에서 그녀는 또 다른 종류의 폴을 만난 거라며 손뼉을 쳤다.

"그래도 클락은 싸울 줄 아는 사람이야. 폴은 그런 게 없어. 마치 어떤 함정도 없는 곳에서 자란 토끼 같아."

"재미없다는 거지?"

"뭐, 또 엄청 재밌길 바라는 건 아냐."

나는 키 작은 흑인이 대마초 양이 이 그램이라고 속여 판 이야기도 했다.

"가만히 서 있었는데 접근했단 말야?"

"응."

"마약 할 것 같이 생긴 얼굴은 아닌데."

연주를 끝까지 듣고 밖으로 나왔다. 추운 데다 일요일 저녁이어서인지 거리에 사람이 없었다. 고층 건물들을 지나 명품 광고가 쇼윈도를 장식한 골목으로 들어섰다. 광고판에서 나오는 빛이 자기의 영역을 지키기 위해 저녁을 밀어냈다. 군데군데 쌓여 있는 눈이 어둠에 젖어 푸른빛을 반사했다.

나는 감상에 젖는 것이 싫었다. 완전히 젖는 것이 두려웠다.

*

봄이라기에 3월은 아직 일렀지만 더러 반팔을 입어도 될 정도로 따뜻한 날씨가 이어졌다. 며칠 전까지 쌓여 있던 눈이 짧은 시간에 녹았고 뒷문으로 들어온 바람이 주방과 홀의 공기를 바꿨다.

공공기관에서 감사가 나와 몇 가지를 지적했다. 사장은 화로에 있는 환풍구를 닦고 주방 바닥의 벗겨진 타일을 다시 깔았다. 아무리 닦고 긁어내도 오래된 시설이 깔끔하게 보이는 덴 한계가 있었다. 공무원이 뭘 아느냐고 짜증을 내던 사장은 접착제로 잘 붙은 데코 타일을 보며 만족스러워했다. 청소와 뒷정리를 중요하게 생각하는 그였지만 혼자서 식당 전체를 관리할 수는 없었다.

지하의 직원용 화장실은 환기를 위해 창문을 반쯤 열어놓았는데 바람이 불면 먼지와 낙엽이 들어와 바닥에 쌓였다. 겨우내 아무도 청소하지 않은 것에 대해 사장은 들으라는 듯 화를 냈다. 새우를 가지러 갔다가 나는 계단에서 멈췄다. 뒤이어 내려온 장 씨가 무슨 일인지 살폈다. 우리를 발견한 사장이 기다렸다는 듯 더 큰 소리로 불만을 뱉어내기 시작했다. 장 씨는 슬금슬금 주방으로 돌아갔지만 나는 오도 가도 못한 채 그가 청소하는 모습을 끝까지 지켜봐야 했다.

사장 마음에 들게 일하는 것이 점점 어렵게 느껴졌다.

"무엇을 원하는지 파악하기만 하면 누구 밑에서든 일할 수 있어."

장 씨의 말이었다. 그에게는 돈을 받은 만큼 일한다는 기준이 있었지만 사장은 프로페셔널한 일꾼이 아니라 믿고 함께할 수 있는 식구를 원했다.

그만둘 날이 한 달 앞으로 다가오자 나는 이런저런 압박에서 벗어날 수 있었다. 잔소리에도 화가 나지 않았다. 빈틈을 보이는 것이 싫어 더 꼼꼼하게 일했다.

"곧 그만둬서 좋겠어, 피터."

사장이 말했다.

"원한다면 취업비자를 써줄 수 있어. 그럼 6개월을 더 일할 수 있지."

나는 이 일을 더 하는 것의 의미를 생각했다.

캐나다를 떠나고 싶은 것은 아니었다. 단지 벗어나는 것만큼이나 머무는 것 역시 나 자신으로부터 멀어지게 할 것 같았다. 항상 제자리에 있는 나무들과 잔디를 보고 싶지 않았다. 나는 다른 나라로 가 그것들을 바라본 시간을 다독여야 했다.

*

"그만둘 거지?"

테리가 작업복을 벗으며 말했다. 등에 난 갈색 반점이 허리까지 덮여 있었다.

"아마도요. 피부는 왜 그런 거예요?"

"몇 년 전부터 생겼어. 점점 퍼지는데 잘 안 낫네."

우리는 옷을 갈아입고 주방으로 올라와 불을 껐다.

194

"일해보니까 어때?"

담배를 피우며 그가 물었다.

"좋은 경험이었어요."

"지금 너한테 필요한 건 여행이야, 무대야?"

"잘 모르겠어요. 사실 여행에는 조금 지쳤고 무대는 낯설게 느껴져요."

테리는 고개를 끄덕였다.

"춤을 추는 것이 허무하게 느껴질 때도 있어?"

"아직 허무할 만큼 해보진 않아서."

나는 말했다.

"형은 어때요? 작품 쓰는 거요."

"아무래도 난 허무를 느끼는 것 같아. 길을 제대로 잃은 거지."

"제이크 형은 끝까지 가는 게 문제라고 했어요."

"틀린 말은 아니야. 그런데 중요한 것들은 전부 끝에 있어. 윤리적인 관점에서 보면 얘기가 복잡하지만."

"어떤 윤리?"

"타인이지."

그가 말했다.

"넌 특별해지고 싶어?"

"글쎄요, 어떤 기분을 유지하고 싶긴 해요."

"약에 취한 것 같은?"

"꼭 그런 것만은 아니고⋯⋯."

"기분이 전부이긴 해, 사실. 그만큼 중요한 게 없지."

담배를 끄고 차 문을 열 때 쓰레기 적재함 쪽에서 방한모자를 쓴 흑인이 이쪽으로 걸어왔다. 테리가 손을 흔들자 그가 두 팔을 들었다. 나는 차에 올라 둘이 대화하는 모습을 지켜보았다. 남자는 나이가 꽤 들어 보였는데 표정이 풍부하고 익살스러웠다.

"자, 선물."

테리는 대마초가 든 지퍼 백 세 개를 내게 주었다.

"저 친구는 고급만 취급해. 나쁘지 않을 거야."

*

더 일을 할 수 없을 것 같다고 하자 사장은 말했다.

"그동안 수십 명의 직원이 이 가게를 거쳐갔어. 떠날 걸 알면서도 더 있을지 물어보는 이유는 단순하다네. 본심은 내버려두고, 그것이 예의라고 생각하기 때문이야. 자네는 자네 길을 가야지."

제이크는 내게 프린스의 월드 투어 티셔츠를 선물했다. 무표정한 얼굴에 아쉬움이 깔려 있었지만 그는 이런 종류의 이별에 익숙한 사람이었다. 마지막으로 출근한 날 밤에 장 씨와 셋이 술을 먹고 함께 가게에서 잤다. 냉장고 엔진 소리에 깼을 때는 새벽이었다. 소변을 보기 위해 내려간 화장실은 추웠다. 다시 올라온 주방에서 구석구석 숨어 있던 음식물 냄새가 풍겼다. 나는 게슴츠레한 눈으로 냉장고, 싱크대, 된장이 담긴 통, 밥통, 밀가루, 상자째 쌓여 있는 삿포로 맥주를 둘러보았다. 그것들이 내 것이라는 생각은 한 번도 하지 않았지만 이 시간 이후로 내 것이 될 것 같았다.

헤어질 때 장 씨는 손을 내밀었고 우리는 악수를 했다. 그의 어색한 미소는 어딘가에서 만났을 장 씨들과 앞으로 만나게 될 장 씨들을 떠올리게 했다.

테리가 구해다준 물건은 분명 A급이었다. 묵직하게 뇌를 압박했다. 나는 카펫을 말듯 발자취를 거둬들였다. 출근하는 사람들을 지나쳐 한산한 전동차에 올라 멈춰 서는 역들의 이름을 발음했다.

핀치에 있는 여행사에서 비행기를 예약했다. 런던에서 일주일, 스톡홀름에서 10일을 있다가 한국으로 돌아가는 여정이었다. 스톡홀름에 머무는 기간 동안 한국으로 가는 비행기를 바꿀 수 있냐고 묻자 불가능하다는 대답이 돌아왔다.

토론토에서 처음 머물렀던 민박집으로 향했다. 도착한

날 새벽에 걸었던 거리였다. 아디다스 저지를 입은 십대들이 담배 피우던 장소를 지나 거의 도착했을 때, 불현듯 발길을 돌렸다. 한결같은 그 집이 바뀐 내 모습을 비출 것 같았다. 고향을 떠나는 사람처럼 나는 한 발 한 발 멀어졌다.

*

짐을 싸자 방은 자연스럽게 정리되었다. 남은 대마초를 쓰레기와 함께 버리고 봉과 파이프는 검은 봉지에 싸서 밖에 있는 재활용 수거함에 넣었다.

집주인이 부엌 식탁에 앉아 기다리고 있었다. 방 열쇠를 건네받은 그녀는 나를 1층으로 안내했다.

"월세 내느라 고생했어요. 떠나는 사람들을 보면 괜히 마음이 그래."

"또 볼 수도 있죠."

"그래요."

대문까지 나온 그녀는 손을 흔들었다. 마르고 작은 체구 위로 햇빛이 쏟아졌다.

근처에 있는 터미널에서 버스를 타고 피어슨공항으로 갔다. 검색대에 뭔가 걸릴 수도 있다는 생각이 뒤늦게 들었지만 문제없이 수속을 밟고 비행기에 올랐다.

작은 창문으로 바라본 하늘은 파랑과 분홍빛이 엷게 층을 이룬 파스텔 톤이었다. 기내식으로 나온 와인을 두 잔 마시고 눈을 감았지만 잠이 오지 않았다.

3

런던 히스로공항에 도착한 것은 밤 열한 시가 다 되어서였다. 숙소는 패딩턴역 근처에 있었는데 지하철에서 잘못 내려 삼십 분을 걸어야 했다. 잘 정리된 주택가는 아직 불 꺼지지 않은 집이 많았고 간간이 말소리와 웃음소리가 들렸다. 무거운 캐리어가 연석에 몇 번 부딪혀 덜그럭거리더니 바퀴 하나가 고장이 나 굴러가지 않았다. 열두 시가 넘어 숙소에 도착했는데 입구를 찾지 못해 불이 반쯤 꺼진 1층 바 주위를 서성였다. 그 모습을 발견한 직원이 문을 열어줬고 바에서 접수를 마친 후에 3층으로 올라갔다. 불이 꺼진 6인실 도미토리에 짐을 풀고 다시 건물 밖으로 나왔다.

입구 앞에서 담배를 피우고 있을 때 갈색 블레이저를 어

깨에 걸친 흑인이 다가왔다. 그는 라이터를 빌려달라고 했
다. 담배 연기를 길게 뿜더니 언제 이곳에 왔냐고 물었다.
"방금."
"런던은 클럽의 도시야. 시간 되면 꼭 가봐."
키가 크지 않은데도 그는 모델 같았다. 담배를 든 손가락
에 면적이 넓은 금반지를 끼고 있었다.

*

식사를 하기 위해 내려왔을 때 바 안은 북적였다. 맥주를
든 남자들이 식당 주위에 모여서 떠들었다. 나는 조식을 먹
고 하이드파크를 걸었다. 비 소식은 없었지만 먹구름 낀 하
늘이 무겁게 내려앉아 있었다. 인공 호수에 백조와 오리가
떠다녔고 비둘기들이 보도에 내려앉아 흘린 음식을 주워
먹었다.
버킹엄궁전을 지나 도착한 의회의사당은 근처에서 테러
가 나 무장경찰들이 지키고 있었다. 찾아보니 오십대 무슬
림에 의해 다섯 명이 죽고 수십 명이 부상당한 사건이었다.
IS는 자신들과의 연관성을 주장했지만 당국은 범인의 자발
적 소행으로 간주했다.
트래펄가광장에 있는 사자상 옆에서 햄버거를 먹고 있

을 때 일렉트릭기타 소리가 들렸다. 드레드 한 머리에 헐렁한 민소매 티를 입은 흑인이 샤넬 광고 쇼윈도 앞에서 연주하고 있었다. 선글라스를 쓴 그는 마치 무대에 서 있는 것처럼 심취한 상태였다. 삼십 분 넘게 연주하고 앰프를 챙겨 사라졌다.

*

클럽으로 가는 길에 회색 트렌치코트와 정장 바지를 입은 백인이 자기 생일이라며 말을 걸었다.

"같이 놀러 가자."

엘리펀트앤캐슬역에서 내려 걷고 있을 때였다. 그의 옆에는 실없이 웃는 여자가 있었고 여러 커플이 시끄럽게 떠들며 따라왔다. 어딘지 대학생처럼 보이는 남자의 풀린 눈은 초점을 잃은 채 허공을 향했다.

"어디로 가는데?"

"파티 룸이 있어. 재미있을 거야."

역 앞에 있는 공원을 통과할 때까지 그들과 함께 걸었다. 남자의 눈길은 여전히 허공을 향해 있었다.

클럽은 캐주얼한 복장을 한 사람을 출입 금지시키고 있었다. 나는 발길을 돌려 소호로 향했다.

오래되었지만 단단해 보이는 건물들과 과하게 깜빡이지 않는 간판들이 밤을 보호했다. 재즈 바는 좁은 계단을 올라 2층에 있었다. 넓지 않은 홀에 테이블이 몇 없었다. 나는 잭콕을 들고 어정쩡하게 서서 연주를 들었다. 뮤지션들이 돌아가면서 즉흥연주를 했다. 큰 키에 짧은 원피스를 입은 색소포니스트가 눈에 띄었다. 긴 금발이 캔디 덜퍼를 연상시켰는데 어쩌면 진짜 그녀일 수도 있었다. 브레이크 타임이 시작되자 사람들은 기다렸다는 듯 대화를 나누었다. 나는 구석에 기대서서 스쳐 지나가는 단어들을 주워들었다.

다시 연주가 시작되었고 쏟아지는 음이 귀를 통해 머릿속에 진열했다. 몸을 움직이게 하는 소리는 물질에 가까웠다. 음악은 아무것도 밀어내지 않고 흔적을 남겼다.

*

나무판을 구하기 위해 윈저에 갔다. 구글 맵에서 찾은 런던의 목재소는 제대로 된 정보가 없어 허탕을 칠 것 같았다. 패딩턴역에서 기차를 타고 슬라우로 가 버스로 환승해 조용한 마을에서 내렸다. 목재소 주인은 무뚝뚝했지만 불친절하진 않았다.

정류장으로 가는 도중 잠깐 쉬고 있을 때, 대머리에 키가 작은 백인이 나무판을 밟고 지나가며 욕을 했다. 뒤에서 걸어오던 여자가 살짝 일그러진 얼굴로 나를 흘끗 보고 남자를 따라갔다. 그들의 발자국이 판 위에 선명하게 찍혔다.

런던으로 돌아와 다시 소호로 향했다. 활기를 띤 거리에서 밤과는 다른 정취가 느껴졌다. 판을 들고 오르막길을 올라 안내 표지판이 있는 공터에 자리를 잡았다. 덥지 않은 날씨에 햇빛이 좋았다. 잠시 쉬고 있을 때 후줄근한 복장에 덩치 큰 백인이 다가와 마리화나가 필요하냐고 물었다. 나는 사십 파운드를 꺼냈다. 그가 건네준 물건은 값의 절반도 되지 않았다. 질도 안 좋아 보였다.

"너무 적어."

내 말에 그는 죽일 듯이 노려보며 중얼중얼 욕을 했다. 나는 한숨을 쉬고 담배를 꺼냈다. 욕을 멈춘 남자는 주위를 서성거리다 갑자기 차분해져 담배를 달라고 했다. 나는 피우던 것을 건넸다. 그는 조심스럽게 집어서 입에 물었다. 우리는 안내 표지판에 기대앉아 뻐끔뻐끔 연기를 뿜었다.

춤을 추다가 갑자기 힘이 빠져나가는 것을 느꼈다. 속이 울렁거리고 머리가 어지러웠다. 급하게 숙소로 돌아와 2층 침대에 누웠다. 사다리를 짚은 손이 후들거렸다.

잠들었다 깼을 때는 밤 열한 시였다. 머리가 조금 멍한 것을 제외하고 다행히 다른 증상은 없었다. 천장을 바라보

니 야광 별 스티커 몇 개가 반짝였다. 별과 나 사이의 거리
는 일 미터 남짓했지만 꽤나 함축적이었다. 우주는 함정이
라는 생각이 들었다. 이해하려는 노력과 별개로 그것은 함
정이 분명했다.

*

내가 머무는 동안 런던에는 비가 내리지 않았다.

펑크를 연주하는 밴드와 마주치고 사람들이 모여 앉아
물 담배 피우는 골목을 지나쳤다. 고풍스러운 건물에 들어
선 조던 매장에는 디제이가 선곡한 음악이 흘러나왔다. 새
로 나온 신발과 숙소 근처 잡화점에서 사이즈가 큰 캐리어
를 사고 나자 잔금이 얼마 없었다. 환율이 캐나다의 두 배
에 달해 모아 놓은 돈이 너무 쉽게 빠져나갔다.

덩치 큰 백인이 준 대마초는 예상대로 맛이 없었다. 그동
안 피운 질 좋은 것들이 떠올랐고 새삼 너무 많이 해버린
것은 아닌가 생각했다.

밥 말리는 마리화나가 스스로를 정직하게 볼 수 있도록
도와준다고 했다. 나는 오아시스를 보았지만 그곳엔 사막
도 같이 있었다. 둘 중 무엇이 아름답냐고 물으면 대답하기
어려울 것이다. 어느 쪽이 더 잔인하냐는 질문 역시 마찬가

지였다. 대마는 일시적으로 중도의 길을 보여줬다. 정신이 타올랐고 세상은 장막을 거뒀다. 나는 발로 그림을 그렸다.

늘 재가 남는 것으로 보아, 삶의 방식은 죽음과 관련되어 있었다. 의지는 결국 조급함으로 수렴돼 면적이 넓든 좁든 드러내고 싶지 않은 후회로 끝이 났다. 이 과정이 깃든 얼굴들을 마주치며 살아갈 날들에, 사람들은 이미 지쳐버린다.

*

일주일이 지나 다시 히스로공항으로 갔다. 브뤼셀에서 갈아탄 비행기는 크기가 작아 자주 흔들렸다. 저녁 여섯 시쯤 스톡홀름에 도착해 숙소가 있는 섬으로 향했다. 쌀쌀한 날씨에 바람이 불었다. 내 방은 4인실이었고 창문으로 강 건너 도시가 보였다.

섬과 연결된 다른 작은 섬에 소형 보트들이 정박해 있었다. 암벽 위로 성처럼 세워진 건물이 검은 등판을 강 쪽으로 내보였다.

넓은 공간의 공용 욕실은 등이 밝아 벗은 몸이 어색하게 느껴졌다. 샤워를 마치고 정강이 염증을 살폈다. 몇 달째 약을 발라도 호전이 없었다.

불 꺼진 방으로 돌아와 침대에 걸터앉았다. 공기가 찼기 때문에 후드를 뒤집어쓰고 누웠다.

*

페스티벌의 중심이 되는 장소는 센트럴역 근처에 있는 호텔 건물이었다. 1층과 2층에 강당이 있었고 사람들이 탭 플로어를 설치하기 위해 분주히 움직였다. 나는 간이 프론트에서 수업 등록을 하고 대강당 안으로 들어갔다. 농구장 두 개 크기만 한 그곳은 레일 달린 커다란 파티션이 있어 공간을 나눌 수 있었다. 사람들이 작업하는 모습을 지켜보다가 일본인 탭댄서 Z를 만났다. 우리는 구면이었는데 그는 장발에 가까워진 나를 바로 알아보지 못했다.

"여행 중이야?"

"응, 북미와 유럽을 돌고 있어."

"난 이곳이 두 번째야. 궁금한 게 있으면 페이스북으로 연락해."

호텔 주위를 어슬렁거리고 있을 때 낯이 익은 사람들이 하나둘씩 보였다. 앤드루 니머, 제이슨 제너스, 리사 토치, 니컬러스 영, 미셸 도란스. 모두 유튜브에서 수천 번씩 본 얼굴들이었다.

첫 수업은 호텔에서 길 하나 건너에 있는 플라멩코 연습실에서 이루어졌다. 제이슨 제너스가 진행하는 클래스로 열댓 명의 수강생이 모였다.

"즉흥은 그날 느낀 감정을 표현하는 거야. 햇빛이나 바람에 대해서, 슬픔과 기쁨에 대해서."

그는 음악을 틀어놓고 네 마디씩 춤을 추게 했다. 그중 키가 작고 상체가 두꺼운 백인의 춤이 인상적이었다. 훈련이 잘된 동작에 군더더기가 없었다. 우리는 서로를 느꼈다. 러시아 사람인 그는 자기를 미하일로프라고 소개했다.

수업이 끝나고 댄서들끼리 잼을 했다. 다음 수업을 위해 스튜디오로 들어온 Z가 합류했다. 두 곡이 끝났을 때 Z는 음악을 끄자고 요청했다. 음악이 사라지자 하나둘씩 혼란에 빠졌다. 비슷한 리듬이 반복되었고 네 마디씩 끊어서 이어나가는 룰도 지켜지지 않았다.

"원(One)은 어디에 있지?"

Z의 질문에 각자가 생각하는 위치를 말했다.

"사라졌군."

그가 말했다.

"집을 잃으면 사실상 아무것도 남지 않아."

*

둘째 날 저녁에 수강생들의 쇼케이스가 있었다. 주로 유럽인들이었는데 특히 스페인 댄서들이 많았다. 합이 잘 맞는 반면 무난한 움직임이 다소 기계적이었다. 개성보다 전체적인 짜임새를 신경 쓰고 있어 언뜻 발레 공연을 보는 것 같았다.

맥주를 사기 위해 편의점에 들렀을 때 미셸 도란스가 대여섯 명의 여자들과 대화하고 있었다. 그녀가 몇 마디 하자 모두 웃음을 터뜨렸다. 미셸은 마른 체형이었지만 목소리와 표정에 힘이 넘쳤다.

세르겔광장을 지나쳐 숙소로 향했다. 광장으로 내려가는 계단에 많은 화환과 편지, 불붙은 초가 놓여 있었다. 버스 테러로 네 명이 사망하고 아홉 명이 중상을 입은 사건이 있었다. 사람들은 화환 주위를 맴돌며 죽은 이들과 자신 사이의 거리를 가늠했다.

겨우 여덟 시가 넘었지만 상점 대부분이 문을 닫았다. 산책로를 지나 강을 따라 걷는 길에 매서운 바람이 불었다. 여행 온 가족과 연인 들이 옷깃을 여미며 야경을 찍었다. 건너편에서 반짝이는 건물의 불빛들이 어둠 속 깊이 사라지려는 강을 막았다. 내가 닿지 않는 나의 어딘가가 말이 없는 밤에 화답했다.

공용 주방에서 햄버거를 먹고 맥주를 마셨다. 취기가 올랐지만 유쾌하게 느껴지지 않았다.

너무 많은 것을 염려하며 살았다는 생각이 들었다. 늘 그렇듯 그 염려 없이 어떻게 살 수 있었는가 하는 문제는 뒷전이었다.

*

수업은 한 시간 반 동안 진행되었는데 두 클래스를 듣고 나면 집중력이 떨어졌다. 보통 세 개 이상 수강했기 때문에 일과가 끝날 때쯤엔 다들 지쳐 있었다. 주최 측은 저녁마다 이벤트를 열었다.

호스트를 맡은 영국인 탭댄서가 트리오 밴드와 함께 재즈 스탠다드를 연주했다. 그를 시작으로 한 명씩 지원자를 받아 무대를 이어갔다. 나는 〈아이 위시 아이 뉴(I Wish I Knew)〉를 말했다. 오랜만에 뮤지션들과 호흡을 맞추자 익숙한 스텝도 낯설게 느껴졌다.

혼자 무대를 채우는 사람은 드물었고 두셋씩 짝을 지어 한 곡을 마무리했다. 마지막 지원자가 마쳤을 때는 열 시가 넘어 있었다.

하나둘씩 빠져나가 자리가 비었을 때, 지켜보고 있던 앤드루 니머가 연주자들과 대화를 나눈 뒤 춤을 시작했다. 곡이 형태를 이뤄갈 즈음 Z가 무대로 올라왔다. 몇 번 주고받다 앤드루가 미소를 지으며 자리를 양보했다. Z는 완전히 다른 사람 같았다. 정갈하고 힘 있는 리듬이 억지스러운 밀림과 당김 없이 음악을 이끌었다. 베일 듯 예리한 소리는 노트를 정확하게 놓기 위한 의지의 결과였다. 타점이 명확할수록 그 진동이 공기의 질을 바꿨다.

"어제 Z의 춤 봤어?"

함께 수업을 들은 미국인 댄서가 물었다.

"무대를 부쉈지."

내가 말했다.

"맞아, 무대를 부쉈어."

*

몇몇과 친해져 밥을 먹고 커피도 마셨다. 콜롬비아에서 온 산체스는 오십대로 마주칠 때마다 말을 걸었다. 춤을 배운 지 얼마 안 된 그는 탭댄스 밖의 이야기를 좋아했다. 콜롬비아에서 내전으로 죽어가는 사람들이나 마약 혹은 여자에 관해. 자기는 마약을 하지 않았지만 술을 많이 마셨고 특히 섹스 중독에 빠져 있었다고 했다.

"모든 중독은 위험하지만 그중에서도 마약은 손대면 안 돼."

그는 말했다.

"내가 보기에는 선생 중에도 하는 사람이 있어."

프랑스에서 온 댄서들은 말이 많았다. 두 시간을 앉아 있어도 대화가 끊이지 않았다.

"사비온이 파리에 온다는 걸 알아?"

흑인 친구가 물었다.

"아니."

그는 휴대폰으로 사비온의 사진이 담긴 공연 포스터를 보여주었다. 날짜는 다음 달 초였다.

"여기 온 사람 중 몇몇은 이미 예매했어. 내가 알려줬거든. 생각보다 소식을 몰라서 놀랐어."

나는 맨해튼에서 본 뉴저지의 풍경이 떠올랐다. 들쭉날쭉한 건물들 너머 어느 하나의 이미지로 고정되지 않는 사비온의 모습이 보였다. 그는 뉴저지 뉴어크 출신이었고 여전히 그곳에 살았다.

"뉴욕에서 그를 봤어?"

"아니, 내가 있을 때는 공연을 하지 않았어."

나는 말했다.

"찾아가볼 생각도 못 했네."

"아마 갔어도 만나지 못했을 거야."

"왜?"

"허락한 사람들을 제외하고는 만나주지 않거든. 당연한 일이야. 브로드웨이를 바꾼 사람이잖아."

그는 말했다.

"사비온은 어느 시기에 고립을 자처했어. 신념 때문이었 겠지."

듣고 있던 네덜란드인이 대화에 끼어들었다. 잘생긴 그 는 지금 세대에서 가장 주목받고 있는 댄서가 누구인지 물 었다. 흑인 친구는 J를, 나는 F를 언급했다. 네덜란드인은 혹시 G를 아느냐고 물었다. 물론 우리는 모두 알고 있었다. 다만 자료가 많지 않아 자주 접하지 못한 이름이었다.

"그는 일반적으로 쓰지 않는 5연음과 7연음을 잘 다루지. 이런 홀수 노트를 사용하면 소리의 질감이 달라짐과 동시 에 움직임에도 영향을 주지."

"예를 들면?"

"한 박자를 6이나 8노트로 표현하기 애매할 때, 5 혹은 7노트를 쓴다고 보면 돼. 익숙한 사운드에서 소리가 하나 씩 더해지거나 빠지기 때문에 스토리텔링에 영향을 줄 수 도 있어."

그는 말했다.

"G는 다음 세대를 책임질 거야."

내게 가장 큰 친근감을 보인 사람들은 조와 첸이었다. 둘은 연인이었는데 홍콩에는 탭댄스 인구가 적어 본인들이 페스티벌과 같은 일들을 주로 기획한다고 했다. 조는 미인이었고 첸은 소년 같은 외모였다. 첸이 진지하게 무언가를 이야기하기 시작하면 조가 지루하다는 듯 고개를 저었다. 반면 조가 어떤 태도를 보이든 첸은 별다른 반응을 하지 않았다.

산체스와 비슷한 나이대의 마크는 독일인이었다. 나는 마른 체형에 안경을 쓴 그가 무엇을 원하는지 알 수 없었다. 춤은 얼마나 췄는지, 누구에게 배웠는지 등을 물어 대답하면 입을 닫고 생각에 잠겼다.

*

페스티벌이 열리는 호텔 근처로 숙소를 옮겼다. 밤이 될 때까지 짐을 푼 침실에 아무도 돌아오지 않았다.

대화 소리에 깼을 때 방 중앙에 수면 등이 켜져 있었다. 바로 위층은 물론 다른 침대에도 남녀가 누워 있었다. 대각선에 위치한 침대에서 여자를 뒤로 안은 남자가 그녀의 가습을 주무르는 모습이 보였다.

눈을 뜨니 몇몇 침대는 비어 있었고 여자들은 보이지 않았다. 코 고는 소리를 피해 로비로 내려와 조식을 먹었다. 빵과 잼, 샐러드 모두 입맛에 맞지 않았다.

저녁에 돌아오자 백인 다섯이 침대와 창틀에 걸터앉아 술을 마시고 있었다. 소형 스피커에서 어느 나라 말인지 모르는 랩이 시끄럽게 흘러나왔다.

그들은 독일인이었고 아직 이십대였다. 내가 댄서라고 하자 춤을 보여 달라고 했다. 약간 무례한 태도였지만 별로 신경 쓰이지 않았다.

사람들이 박수를 쳤다. 조끼 밑에 흰 셔츠를 입고 꽁지머리를 한 남자가 잔에 양주를 따라주었다.

"잘 봤어."

빈 잔을 한 번 더 채운 후에 그는 주머니에서 작고 길쭉한 통을 꺼냈다. 그리고 뚜껑을 열어 흰색 가루를 탁자 위에 덜어냈다. 신용카드로 가루를 모아 세 줄로 만든 후에 그중 하나를 코로 흡입했다. 뒤이어 다른 친구들이 남은 가루를 들이마셨다. 뭐냐고 묻자 코카인이라고 했다.

"한번 해봐도 돼?"

꽁지머리가 눈을 가늘게 떴다.

"이거 한 통에 얼마인지 알아?"

"몰라."

"아주 비싸."

"한 만큼 줄게."

독일 친구들이 서로를 바라보며 웃었다. 꽁지머리가 내 어깨를 손바닥으로 툭툭 쳤다.

"해본 적 있어?"

"아니, 처음이야."

일행은 눈을 마주쳤다. 뭔가 놀릴 거리를 찾는 듯하면서도 흥미를 느끼는 것 같았다.

"좋아."

꽁지머리가 탁자에 코카인을 한 줄 깔았다.

"한 번에 들이마셔야 해."

나는 그렇게 했다. 콧속이 얼얼해지면서 콧물이 조금 났다. 일행은 환호하며 내게 다시 술을 주었다. 두 잔을 연속으로 비운 후에 방을 나왔다. 숨을 쉴 때마다 콧속이 따끔거릴 뿐 별다른 변화가 없었다. 더 많은 양이 필요했지만 돌아가고 싶지 않았다. 그들이 더 이상 반기지 않을 것 같았다.

대강당에서는 토너먼트 배틀이 진행 중이었다. 한 팀씩 마이크를 설치한 판 위로 올라와 경쟁을 했다. 이어서 모든 장르 춤의 토너먼트가 이어졌다.

미하일로프가 술병을 들고 계단을 올라오는 것이 보였다.

"같이 갈래?"

그를 따라 강당을 지나쳐 스튜디오로 들어갔다. 한쪽만 불 켜진 실내에 남자 셋이 기다리고 있었다. 우크라이나에서 온 오스틴과 매슈, 러시아인 레이만이었다. 미하일로프는 술을 한 모금 마신 후에 내게 주었고 나는 다시 오스틴에게 주었다.

매슈가 먼저 춤을 추기 시작했다. 곧 미하일로프와 레이만이 합류했다. 꽤 많은 양을 마셨는데도 취기가 머리까지 차오르지 않았다. 모두 에너지가 넘쳤고 리듬이 깔끔했다. 나는 소리에 집중했다. 압축된 감정이 우리를 둘러싼 공간에 자국을 남겼다. 중요한 것은 눈앞에 펼쳐진 리듬의 모양과 밀도였다. 크고 안정된 구조물을 향한 갈구와 모든 것을 한꺼번에 뒤엎으려는 충동 사이의 텐션이 우리가 통과해야 할 터널이었다.

"너희를 사랑해."

지나가던 미셸이 큰 소리로 외쳤다. 오스틴이 술병을 들어 보였다.

*

혼자서 돌아오는 길에 나는 토론토의 루프톱에서 바라본

야경과 꿈틀거리는 지평선을 떠올렸다. 이글거리는 도시의 정념도 자연이 그어놓은 선을 넘을 수는 없었다. 나는 취했지만, 아무렇지도 않은 기분이었다.

호스텔 건물 2층에서 덩치 큰 소년이 보도에 있는 다른 친구에게 소리를 질러대고 있었다. 그는 심하게 말을 더듬었다. 보도에 있는 친구가 나를 신기한 듯 쳐다보며 뭣 때문에 여기에 왔냐고 물었다. 대답을 하자 2층에 있는 소년에게 소개했다. 덩치 큰 소년은 다시 소리를 지르며 곧장 보도로 내려왔다. 그는 나보다 이십 센티미터는 더 컸다.

"진짜 댄서야?"

"응."

반소매 티만 걸친 소년은 숨이 넘어갈 듯이 말을 더듬었다. 다시 정말이냐고 물었고 나는 그렇다고 했다.

그는 손짓하고 있는 친구를 따라 코를 훌쩍이며 내리막 길 쪽으로 달렸다.

*

마지막 이벤트는 선생들의 갈라 쇼와 뒤풀이 파티였다. 몇 자리를 제외하고 극장이 전부 찼다. 무대 하수 쪽에서 마리화나 냄새와 웃음소리가 흘러나왔다. 공중에 떠다니는 연기가 얼핏 보이는 듯했다. 옆에 앉은 산체스가 한쪽 눈을 찡긋했다.

댄서들은 본인들이 어떤 공동체에 속해 있는지 잊지 않았다. 그들의 춤은 고무줄같이 늘어나 무대 밖으로 팽창했다. 쉽게 탄력을 잃거나 끊어지지 않는 이유는 관객 역시 저 외줄타기에 동참하고 있기 때문이었다. 개체가 어떤 무모함을 감당하며 완전해지려는지 우리는 지켜보았다.

먼저 나온 미하일로프와 레이만이 담배를 피우며 내게 손을 흔들었다.

"누가 제일 마음에 들었어?"

나는 한 명을 고를 수 없다고 말했다.

"모두 밖을 향해 달리는 것 같았어."

미하일로프가 말했다.

"몇몇은 우주에 있었지."

어수선한 와중에 오스틴과 매슈가 인사를 해왔다. 오스틴이 R의 퍼포먼스를 언급했고, 대부분 인정하는 분위기였다.

존 콜트레인풍의 난해한 재즈곡을 선택한 R은 후줄근한 면티에 추리닝 차림으로 무대에 올랐다. 첸은 그런 그가 마음에 들지 않는다고 했다. 나는 첸의 마음을 이해했지만 R의 태도가 그들 커뮤니티 안에서 허용된다는 점에 끌렸다.

가장 큰 행사가 끝났기 때문에 떠나는 사람이 많았다. 다음 날 연 R의 수업에는 나를 포함해 셋밖에 없었다.

R은 〈마이 페이보릿 씽(My favorite things)〉 라이브 버전을 틀어놓고 한 명씩 즉흥 탭을 시켰다. 4분의 3박 위로 쏟아지는 소리들을 발로 따라가는 것은 쉬운 일이 아니었다. 거기에 입으로 박자를 세라는 주문이 더해졌다.

"정확한 타임은 거미줄 같은 거야. 촘촘해질수록 더 많은 것이 걸리지."

R이 말했다.

"숨을 쉬어. 박자는 그 안에 있어."

수업이 끝난 후에 그는 질문을 받았다. 나는 가끔 내 춤이 음악과 잘 어울리는지 확신할 수 없다고 말했다. 그것은 꽤 오래된 의심 중 하나였다. R은 팔짱을 끼고 고개를 갸웃한 채 생각에 잠겼다.

"춤은 반응하는 거야, 생각하는 것이 아니라. 넌 이미 그렇게 하고 있었어. 무엇이 더 필요하지?"

역사, 믿음, 신뢰, 사랑 같은 말들이 목구멍에서 뭉뚱그려졌지만 꺼낼 수 없었다.

*

독일인들이 떠난 방에 혼자 남아 이틀을 더 보냈다. 커다란 창문으로 흩날리는 눈과 단단하고 차갑게 제자리를 지키고 있는 건물, 도로가 보였다. 태양의 위치에 따라 변해가는 풍경을 바라보는 것은 고통이었다. 모네 역시 같은 고통을 느꼈을지도 모른다는 생각이 들었다.

A가 말한 조각가와 작품 이야기가 떠올랐다. 그녀는 관계 너머로 유유히 질문을 던질 줄 아는 사람이었다. 역설적으로 그것은 욕망에 꽂혔다.

거대한 배 하나를 그대로 전시한 박물관에 갔다. 17세기에 침몰한 군함과 이와 관련된 풍속도가 건물 전체를 채우고 있었다. 노란 조명이 정교하게 조각된 함선의 부분들을 비췄다. 이백 년 동안 해저에 가라앉아 있던 배는 특유의 냄새와 함께 시간을 응축했다. 사물의 나이를 나는 후각을 통해 알아내려 했다.

강 옆에 곧게 뻗은 산책로를 따라 걸으며 가는 비를 뿌리는 대기의 무게를 느꼈다. 흐린 하늘에 웅장한 먹구름이 선명한 형태로 피어 있었다. 나는 프랑스로 가야 한다는 사실을 알았다. 이 여행의 소실점이 어디인지 분명하지 않았지만 파리로 가서 사비온을 만나야 했다. 어쩌면 그곳이 새로운 거처가 될 것이다.

원(One)은 늘 있어야 할 곳에 없었고 빛을 품은 우울만이 그것을 볼 수 있게 해주었다.

나는 술을 마시고 혼자 추는 춤을 좋아한다. 무선 헤드폰을 끼고 수면 등만 켜놓은 채 팝핀, 힙합, 무용 어느 것도 아닌 행위에 몰두하는 것. 탭댄스 이외에 다른 장르를 제대로 배우지 않아 그 춤에는 형식이 없다. 음악을 표현하기 위한 움직임이 계속 이어질 뿐. 그러다 보면 은밀히 숨어 있던 삶의 압력이 실체를 드러내기도 한다. 춤이 이상해질수록 그랬다. 인정하기 싫은 마음을 떠나 그 실체는 나를 꽤 닮아 있었다. 마치 뱀의 눈을 마주 본 것처럼, 파고드는 이물감이 흥미로우면서도 두려웠다.

수상 소감에서 밝혔듯, 혼잣말이 본격적으로 시작될 때 이 소설을 썼다. 만약 세상이 파충류의 눈과 같다면 내가 할 수 있는 일은 무엇일까, 라는 질문에 대한 나름의 답이었던 듯하다. 코로나가 막 창궐할 때였고 얼마 안 있어 나는 무대를 잃었다. 독일에 가기로 한 계획이 무산되어 더 혼란스러웠는데, 현실적 요건과는 별개로, 왜 가려 했는지 여전히 몰랐기 때문이다.

한번 손을 뗀 세계는 더 이상 나와 관련이 없을 거라는 믿음, 그 비참한 속임수가 언제까지 계속될지 지켜보며 꽤 오랜 시간을 보냈다. 모든 잘못을 스스로에게 돌리는 방식이 정답일 수는 없지만, 어쨌든 세상에 반응했다는 심증, 그것만큼은 쉽게 내칠 수 없었다.

오직 나만을 위한 신화가 필요했다. 아무도 없는 곳에서

춘 춤의 형태를 눈앞에 꺼내 놓고 싶었다.

　책이 출간될 수 있도록 힘써준 자음과모음 편집부에게 감사드린다. 이렇게 개인적인 작업조차 여러 사람의 도움이 필요하다는 것을 체감하는 시간이었다.

　내 이름이 새겨진 책을 갖고 싶어 했던 날들로부터 많은 시간이 흘렀다. 작가가 되고 싶지 않다는 나의 말은 얼마나 진심이었을까.

　지나온 것이 아니라 함께 있었음을, 인정할 때가 온 것 같다.

인디카

© 강지구, 2026

초판 1쇄 인쇄일 2026년 3월 20일
초판 1쇄 발행일 2026년 4월 3일

지은이　　강지구
펴낸이　　정은영
편집　　　전유진 임종현 김수진
디자인　　전세린
마케팅　　이언영 임병천 임동렬 박채윤
저작권　　신은혜 김현영
제작　　　홍동근

펴낸곳　　자음과모음
출판등록　2001년 11월 28일 제2001-000259호
주소　　　10881 경기도 파주시 회동길 325-20
전화　　　편집부 (02)324-2347 경영지원부 (02)325-6047
팩스　　　편집부 (02)324-2348 경영지원부 (02)2648-1311
이메일　　편집부munhak@jamobook.com 저작권 ip@jamobook.com

ISBN 978-89-544-7375-0 (03810)

잘못된 책은 구입한 곳에서 교환해드립니다.
이 책의 판권은 지은이와 자음과모음에 있습니다.
책 내용의 전부 또는 일부를 사용하려면 반드시 양측의 서면 동의를 받아야 합니다.